# SILHOUETTES

# DU TEMPS

*Nouvelles*

*par*

Dr. Maya Mitra Das

**Maple Leaf Publishing Inc.**
Alberta Canada

**Silhouettes du temps**
Copyright © 2021 by Dr. Maya Mitra Das

ISBN Broché: 978-1-77419-090-6
ISBN eBook: 978-1-77419-091-3

**MAPLE LEAF PUBLISHING INC.**

3rd Floor 4915 54 St Red Deer,
Alberta T4N 2G7 Canada

Demandes générales et service à la clientèle

Phone: 1-(403)-356-0255

Gratuit: 1-(888)-498-9380

Email: info@mapleleafpublishinginc.com

# LA LUNE DES MOISSONS
## PAR MAYA MITRA DAS

L'été était
timide Pour dire au revoir La lune de récolte était en
place
Remplissage du ciel

Les arbres se
baladaient dans la douce brise
murmurant leurs chansonsà un rêve
brumeux

La lune comme un
Pain rond cuit au four
Regardé à travers le
Nuages à la dérive

Au-dessus de la terre de moonstruck
Avec huée de hiboux
J'ai voyagé dans le temps
Dans un endroit lointain

Atterrissage
sur une maison brossée de lune
Dans une vieille cour familière
Oui, c'est ici! Oui, c'est ici!

Sous la lune de récolte
J'ai joué et dansé
J'ai dansé et joué
Avec ma grand-mère aimante

Jusqu'au bout
jusqu'à l'aube

## *dédicace:*

Je dédie mon livre à mon père, feu le Dr Sailendra Prosad Mitra.

Chaque fois que nous avions le temps de parler, il me donnait des idées sur la musique, l'art, l'histoire, l'archéologie et bien d'autres sujets. Ses enseignements constants et patients m'ont inspiré à poursuivre des intérêts en plus de ma profession en médecine.

Je ne sais pas si j'ai répondu à ses attentes, mais à cause de ses conseils et de son inspiration, je suis qui je suis maintenant.

# CONTENU

The Harvest Moon par Maya Mitra Das .......................................... 3
Préface de Janice De Jesus.................................................4

Manjari et la Ballade dela Paix......................................... 10
Fleurs de lys en été............................................ 33
Grand-père's Sunday Shakespeare Scholars ............................. 54
Ode à Mysterium.................................................. 63
La Muse Vigilante ..............................................81
L'évasion audacieuse............................................. 92
La maison près du ruisseau ....................................... 112
Une maison aussi grande que l'arrière-grand-mère
Roma...................................................... 121
Le lever de soleil sensationnel.................................... 130
Un conte avant Halloween ........................................138
Silhouettes du temps ...........................................153
   I. Le chemin de Noaykhali ...............................154
   II. Chauffeur de taxi au juge.............................. 168
   III. Pas seulement un taxi ordinaire........................ 174
   IV. Majer Ganthi .......................................183
   V. Chasing the End to Begin Anew ........................ 190

À propos de l'auteur............................................197
Accusés de réception ......................................... 198
Commandes de contacts et de livres ............................. 199

# avant-propos

Quand Maya Mitra Das est entrée dans mon cours d'écriture créative il y a près de six ans, je savais qu'elle était spéciale.

Elle m'a rapidement informé que, pour une « femme d'un certain âge », elle n'était pas seulement médecin, mais aussi qu'elle interprétat activement des danses indiennes classiques, jouait du piano tous les mois avec ses collègues pianistes et prenait des cours de poésie dans le cadre d'un cours local d'éducation des adultes. Puis, je me suis dit: Comment va-t-elle s'intégrer à l'écriture créative dans tout ça ?

J'ai commencé à lui dire que si l'écriture créative peut être abordée d'une manière détendue, ce n'est pas une activité que l'on devrait traiter comme une fantaisie passagère. Les élèves de mes cours d'écriture créative ont appris le métier sérieux de ce bel art littéraire, rendant hommage aux grands artistes littéraires qui ont ouvert la voie devant nous, mais nous nous sommes aussi rendus à cette partie amusante et fantaisiste de nous-mêmes.

Maya a appris à être à la fois érudite et artiste. Malgré ses réserves antérieures de ne pas avoir eu d'expérience d'écriture créative, Maya s'est épanouie dans un véritable esprit créatif. Elle a embrassé ce que signifie être une artiste littéraire dans tous les sens du terme que ses histoires transcendent les royaumes du temps, de l'espace et de la mémoire. Preuve de son art et de sa polyvalence a abouti à la naissance du livre que vous tenez maintenant entre vos mains.

Asseyez-vous et détendez-vous pendant que vous êtes transporté dans les deux sens dans le temps à des endroits familiers et des paysages exotiques. Laissez-vous bercer dans un paysage de rêve par la prose lyrique de Maya, semblable à une berceuse bien-aimée que ses paroles à la fois vous apaiser et vous divertir à travers ses personnages qui sont aussi colorés que les saris portés par les femmes dans ses histoires et aussi texturale que la toile artistique et spirituelle qui est son Inde natale et au-delà.

Ce fut mon honneur non seulement d'avoir Maya dans ma classe, mais aussi d'avoir servi de son « gourou littéraire », comme elle s'est efforcée de vous présenter sa tapisserie merveilleuse d'histoires directement de son cœur.

– Janice De Jesus
Professeur
d'écriture créative janvier 2016

# Silhouettes

# du temps

# 1

# Manjari et la ballade de la paix

Le soleil coula lentement au-delà de l'horizon alors que la dernière lueur de la journée inonda les champs et les vallées. Les grands arbres Shaal et Pyall ont commencé à bouger leurs membres avec la douce brise. Les arbres de Sonajhuri ont commencé à murmurer leur air saluant les oiseaux dans leurs nids. Le gazouillis des oiseaux a rempli l'air, accueillant la soirée.

Après une longue journée épuisante au travail, Manjari a commencé à se pavaner sharod, assis confortablement sur un banc rembourré sur son patio. Elle était assise près d'un arbre avec des branches pleines de grandes fleurs rouges. De plus en plus vers le haut, ils ressemblaient aux flammes d'un feu. Ses longs cheveux noirs ondulés couvraient ses bras.

Les nuages noirs à l'horizon apparurent soudainement, et le vent se ressurvint, soufflant les cheveux de Manjari et exposant ses bras sculptés. Sa peau de couleur olive avait l'air plus brillante avec l'éclair. Haute de cinq pieds trois pouces, la silhouette mince de Manjari complimentait sa peau, son nez pointu et ses grands yeux noirs mélancoliques. Son sari coloré, orné de bijoux ostentatoires, ne fait qu'améliorer sa beauté. Manjari portait un air mystérieux à son sujet, pas tout à fait réservé, mais gardé en quelque sorte. Ce n'est que lorsque quelqu'un a pu percer sa coquille émotionnelle qu'elle a pu montrer sa nature détendue.

Manjari vivait dans un petit bungalow à cent cinquante kilomètres de Kolkata, en Inde. C'était en 1972. Elle a enseigné l'histoire dans un collège voisin de la ville. Son sharod était le seul bien précieux qu'elle avait sauvé de son passé. La foudre et le tonnerre ont continué à dominer le ciel et avec lui les souvenirs de Manjari flashé. Dans son esprit, elle pouvait voir le petit village où elle est née et où elle avait vécu avec ses parents.

Le village était de l'autre côté de la rivière Padma dans le côté est du Bengale indivis. De bons souvenirs de son école et de ses amis passaient un par un comme des nuages à la dérive.

Des rizières verdoyantes et des cocotiers bordaient le village, et au-delà, un chemin de fer traversait le champ. Les trains sifflaient par, sifflant avec le vent. Un grand étang occupait l'espace près de la maison de Manjari. Il était plein d'eau bleue claire et de lotus roses en fleurs pendant l'automne. Cet étang a également fourni du poisson comestible toute l'année.

Les soirées, se souvient Manjari, furent spectaculaires , remplies d'un ciel étoilé clair, de douces brises, de grillons gazouillants et de lucioles dansantes au-delà de la maison autour des rizières. Alors que la soirée tirait son rideau, séparant le jour de la nuit, les grenouilles commetaient leur sérénade et les paupières de Manjari s'épaississent jusqu'à ce qu'elle s'endorme.

C'était l'époque où les gens autour du village échangeaient des subtilités et semblaient se faire confiance. Comme les adultes re sont rentrés d'une longue journée de travail, les enfants s'installait pour la soirée, occupé à préparer leurs devoirs pour le lendemain.

C'était une existence villageoise très paisible qui est restée ainsi pendant de nombreuses années.

11

Puis un jour de 1946, la vie que le jeune Manjari a grandi à l'amour a changé pour toujours. Une aura de secret implacable et mal à l'aise que l'enfant de neuf ans ne comprenait pas infiltrée dans l'air.

Une nuit, les parents de Manjari sont venus s'asseoir à côté d'elle pendant qu'elle faisait ses devoirs. Sa mère, Bakul, a soigneusement arrangé ses franges bouclées que son père, Bipin, s'adressa à elle par son nom d'animal de compagnie.

« Manju, on doit parler avant que tu ailles te coucher. »

« Oui, papa? »

« Manju, vous avez probablement remarqué que certains voisins ne sont plus si sympathiques et nous ont évités. »

Manjari haussa les épaules. « J'ai remarqué, mais je ne sais pas pourquoi. Avons-nous fait quelque chose de mal pour les mettre en colère?

Ses parents secouèrent la tête tristement.

« Vous devez savoir qu'il y a des troubles religieux entre hindous et muslims et il est en escalade », a déclaré Bipin. « Il fut un temps dans cette partie du pays où il y avait des temples et des mosquées autour des villages et les gens pratiquaient leurs propres rites religieux sans aucun doute et célébraient les festivités des uns et des autres. Ils ne sont pas satisfaits de cet arrangement en ce moment et ne veulent pas vivre en paix, côte à côte comme nous le faisons depuis tant d'années. Les gens sont tellement en colère les uns contre les autres qu'ils détruisent et pillent les choses du peuple qui ne sont pas de la même croyance religieuse qu'eux. Certains groupes s'entretuent. La partie de l'Inde où nous sommes, et le côté extrême ouest de l'Inde comme Lahore et le côté ouest du Pendjab, sont très touchés.

« De quoi parlez-vous? Des gens qui tuent des gens du

même pays ? Est-ce que cela signifie que je ne vais pas être ami avec Fatima et Sayeeda?

— Vous serez toujours leur ami, lui assura son père. « Tout ce que je dis, c'est que si nous devons risquer nos vies pour vivre ici, alors nous devons passer à une zone plus sûre, comme une centaine de kilomètres de la grande ville kolkata. Et je peux y occuper un poste d'enseignant pour le moment, jusqu'à ce que la situation s'améliore.

« Mahjusona ne le dites à personne, nous devons quitter notre maison secrètement, de sorte que personne ne sait », a déclaré Bakul. « Comprenez-vous? » Manjari se sentait confus et effrayé. « Non, je ne dirai à personne. Je vous le promets. »

Déçue par la façon dont les gens se massacrant, Manjari s'est rendu compte qu'une de ses amies, Champa, était déjà partie. C'était étrange que Champa ne lui ait pas dit au revoir. La maison et le grenier à riz de Champa étaient en feu. Ce n'était pas un accident, n'est-ce pas ? Manjari s'est rendu compte que son père avait raison. Quelqu'un à qui on ne doit pas faire confiance a dû lui faire du mal.

Le couple avait prévu de quitter leur maison avec Manjari lors d'une soirée New Moon où une évasion dans l'obscurité semblait plus faisable. Puis le jour de leur évasion est finalement arrivé; ce jour inquiétant où une paisible soirée réglé avec une huée d'un hibou, bientôt interrompu par un bang désagréable sur la porte suivie de plusieurs voix fortes venant de la porte d'entrée.

« Qui est-ce? » Bipin a dit. Sa voix coulait de peur.

Avant qu'il ne puisse ouvrir la porte, les gens se sont bousculés à travers la porte, démantelant et détruisant les meubles et pillant les biens sur leur chemin destructeur.

Manjari, pâle de peur et d'anxiété, courut vers sa mère Bakul et se lancina de sangloter. Elle l'a agrippée avec ses deux mains.

Bipin a tenté de raisonner avec les intrus qu'il connaissait de l'école où il était le directeur.

« Yusuf et Kareem vous étiez mes étudiants bien-aimés! Qu'est-ce qui ne va pas? Pourquoi faites-vous cela? »

« Pourquoi demandez-vous? » Yusuf grogna.

« Vous le découvrirez bien tôt. »

Bipin et Yusuf se sont battus. Alors que Bipin essayait de le défendre, Kareem sortit son couteau tranchant et le plongea dans la poitrine de Bipin qui tomba avec un cri fort dans une mare de son propre sang.

« Nous devons les transporter à la maison de M. Khan », a déclaré Kareem. « Avant cela, nous pouvons jouer un peu avec ces femmes. La fille est trop jeune. Nous pouvons attendre jusqu'à ce qu'elle mûrisse.

Bakul, qui a entendu la conversation, a couru à la cuisine pour succomber au même couteau pointu qui a pris son hus

la vie du groupe. Bientôt le sang de Bipin et Bakul réunis en une grande piscine tragique. À quelques mètres de là se tenait Manjari en état de choc de ce qu'elle avait vu.

S'il te plaît, que ce soit juste un cauchemar. Que ce ne soit pas vrai», a-t-elle plaidé en silence.

Kareem la poussa vers le bas et attacha les pieds et les deux mains. Ils lui ont bandé les yeux et menacé de la torturer si elle fait du bruit. Comme ils l'ont soulevée, elle pouvait imaginer voir les visages pâles de ses parents pour une dernière fois. Même la mort ne pouvait effacer un visage un peu serein comme ils passaient de ce monde terrible. Elle se souvenait du regard sur leurs visages pendant que ses ravisseurs la poussaient dans un buggy tiré par des chevaux qui s'échappait à la hâte. Elle pouvait voir le ciel dans son imagination aussi clair et étoilé que le vent soufflait doucement sur son visage. Elle croyait vraiment que les lucioles dansaient follement autour des rizières. La paix existait au milieu de l'odeur de la mort.

Pendant ce temps, à Noyakhali, dans la partie orientale du Bengale, à environ vingt-cinq milles à l'est de la maison torturée de Manjari, la scène du camp de paix du Mahatma Gandhi était animée alors que les gens s'occupaient de plans pour une mission de libération. Les disciples de Gandhi l'appelaient affectueusement «Bapujee», un nom connu desgens de toute l'Inde qui le considéraient comme une figure paternelle. Arun, qui était un militant notable et a joué un rôle déterminant dans le démarrage du camp, s'est présenté et a dit :« Bapujee, Bivajee est arrivé. »

Arun avait été arrêté par le gouvernement britannique, car il était activement impliqué dans la révolution contre les Britanniques. Il a été emprisonné pendant quatre ans. Après sa libération, il est entré dans cette partie du pays déguisé en religieux orthodoxe musulman, car il était presque impossible d'entrer lorsque l'émeute communautaire était à son apogée. Arun a eu le courage de commencer seul le camp de la paix pour servir les personnes en détresse qui ont tout perdu, y compris leurs proches, dans cette triste émeute communautaire, et aussi pour servir les enfants qui ont perdu leurs parents. Après avoir établi le camp de la paix, Mahatma Gandhi a été informé, et il est venu visiter le camp lui-même et a été heureux. C'est dans les nouvelles qu'«un camp de paix existe dans la partie orientale du Bengale. »

Biva, récemment diplômée de l'Université calcutta, a été écrivaine et chanteuse dans la musique classique indienne et a joué un rôle actif avec son mari médecin dans le travail underground contre la domination britannique. Elle ne pouvait pas prendre la tromperie de vivre à l'abri dans la famille lorsque le reste du pays était en grave difficulté.

D'une hauteur de cinq pieds deux pouces, avec un teint bronzé et lisse et sain, le visage triangulaire de Biva tenait un nez proéminent et de beaux yeux larges et brillants, qui brillaient. Elle a caché ses longs cheveux ondulés dans un chignon, ce qui complimentait sa tenue conservatrice. On savait qu'elle commandait une présence d'arrestation partout où elle allait.

Les disciples ont écouté avec admiration que Gandhi a discuté des différentes missions, beaucoup d'entre eux ardu et risqué. Il a informé le camp que certaines filles avaient été enlevées après le meurtre de leurs parents. Pour dix filles enlevées, les gens connaissaient les endroits où ils ont été emmenés. Des négociations seraient offertes pour leur liberté. Mais une fille, la fille d'un directeur d'école de premier plan, dont on ne sait pas où se trouvait, captivé Biva attention. Elle s'est présentée et s'est portée volontaire pour qu'elle s'aille à la recherche d'une des filles disparues, Manjari. Mahatma Gandhi a exprimé que la mission était risquée, mais a félicité Biva pour sa bravoure. Après la discussion, Gandhi a commencé sa promenade du matin vêtu de sa tenue blanche signature, tenant fermement son long bâton. Avec ses disciples en remorque, ils ont commencé à chanter une chanson tagore bruyamment ensemble:

Si personne ne répond à votre appel, alors vous marchez seul, seul, tout seul, tout seul, continuez seul. Si personne ne brille de lumière, Oh, pauvre âme hapless — S'ils ferment les portes de leurs maisons, par une nuit sombre et orageuse, alors dans le feu de la foudre et du tonnerre — Que les côtes de votre poitrine soient allumées — Et brûlez, brûlez seul !

La marche pour la paix s'est poursuivie tous les matins pendant au moins deux heures. La marche s'est enroulée autour de la route boueuse non pavée pendant que leurs voix résonnaient à travers les rizières se balançant et au-delà. Un train chargé à une distance au-delà des grands cocotiers. Les gens autour des villages regardaient anxieusement par la fenêtre se demandant ce qui se passe.

« Quel est le but de cette marche pour la paix ? » demandèrent quelques âmes courageuses.

« Pour vous faire savoir que nous sommes ici pour vous et avec vous. Vous n'êtes pas seul », a répondu un manifestant pour la paix.

« Pouvez-vous arrêter cela? Quel rôle pouvons-nous jouer dans cette mission ? demanda un villageois.

« Je ne vais pas démissionner jusqu'à ce que je pars à un accord, et pour vous mon conseil serait de se tenir courageusement ensemble et faire face à l'émeute communautaire insensée entre hindous et musulmans », a répondu Gandhi.

Après la marche pour la paix, ils sont venus et ont commencé leurs sessions à une roue tournante pour faire tourner leurs propres fils pour faire leurs propres vêtements. Gandhi croyait que si vous pouviez faire votre propre fil, et tisser vos propres vêtements, il vous rendrait indépendant de l'achat de vêtements fabriqués en Angleterre.

Le camp de la paix se dirigeait comme une institution de taille moyenne. Il y avait une grande cuisine où la nourriture était préparée trois fois par jour pour les personnes en détresse qui se réfugiaient avec les enfants, les enfants qui avaient perdu leurs parents et les gens qui dirigeaient le camp. Il existait une installation où les enfants peuvent étudier, jouer et profiter d'autres activités pour les occuper. Gandhi a clairement indiqué que tout devrait être impeccablement propre autour du camp et les adultes qui se sont réfugiés ont été donnés la responsabilité toute la journée. Il y avait deux ou trois médecins en service pour faire face aux maux des personnes et des enfants en détresse. À la fin de la journée, il y avait une réunion de prière avec des chants de dévotion. Une chanson disait : « Tout-Puissant, s'il vous plaît, montrez-nous le chemin de la paix et bénissez-nous avec la sagesse de la paix. Dieu ou

Tout-Puissant est le même, avec un nom différent Allah ou Ishwar », et a été suivie d'une séance de discussion. La journée se terminerait par la lueur orange du soleil sur les rizières se balançant. La douce brise fraîche soufflait à travers les palmiers que la soirée s'installait.

Manjari a été transporté par buggy tiré par des chevaux à la place de M. Khan. Une fois arrivés à destination, Manjari, encore engourdi par le choc, ne savait pas où ils l'avaient emmenée. Elle regarda autour de lui dans le noir, mais ne pouvait pas voir. Les gens qui ont tué ses parents l'ont traînée à l'intérieur, puis elle a placé sa tête fatiguée pour se reposer sur le sol. Quand elle s'est réveillée, elle s'est rendu compte qu'elle devait dormir pendant des heures. Les événements récents ont-ils été un cauchemar? Elle s'est rendu compte que le traumatisme s'était réellement produit. Elle a essayé de lever la tête, et a vu une figure sombre.

« Il est temps de se lever! » Manjari a entendu quelqu'un dire.

Lassitude, elle sentit ses pieds froids et ses doigts trembler. Elle frissonna en sentant ses nerfs grimper de ses pieds à son cœur. L'anxiété l'a vaincue lorsqu'une femme lui a demandé son nom.

— Oubliez ce nom, répondit la femme avec courbure. « A partir de maintenant, vous serez appelé Salatun. »

Manjari se tait et ne voulait pas l'affronter car elle était en fait submergée par la peur de l'inconnu.

— Aujourd'hui, je vous laisse dormir tard, dit la femme. « À partir de demain, vous vous le lez tôt et commencer votre travail de nettoyage de toute la maison. Tu commences à nettoyer en bas, polir les meubles et Mashuma vous permettra de savoir quand vous pouvez monter et commencer à nettoyer là-bas. Mashuma est en charge de la cuisine où vous êtes censé l'aider. Il y a des règles et des règlements de la maison, et vous allez écouter tout ce qu'elle vous dit de faire. C'est mon ordre. Mashuma, montre-lui où elle va rester et donne-lui des vêtements et cette burka noire qu'elle devra toujours porter.

Mashuma semble sur l'âge de ma mère, manjari pensé. Elle était de construction moyenne et avait la peau de couleur blé. Son visage était triangulaire avec de grands yeux noirs qui semblaient gentils. Les longs cheveux noirs de Mashuma étaient serrés dans un chignon. Sur son sari blanc, la burka noire recouvrait son corps à l'exception de sa tête et de son visage.

— Salatun, s'il te plaît, suis-moi, murmura doucement Mashuma.

Manjari avait envie de crier à haute voix au son de son nouveau prénom, mais sa gorge s'étouffait de peur et d'anxiété. Elle a suivi Mashuma pour écouter la première des nombreuses orientations de ce grand manoir avec de nombreux couloirs et des coins sombres menaçants. Au cours de cette visite lasse réticente de la maison donjon-like, elle s'est rendu compte à quel point leur chalet était modeste et minuscule, mais il a été nourri avec beaucoup d'amour et d'affection. Avec le recul, elle savait que la vie avec ses parents ne pourrait plus jamais être possible.

Mashuma emmena Manjari au bout du manoir et lui montra les dortoirs. Elle a dit à Manjari que la journée avait commencé tôt, vers cinq heures du matin.

Puis elle a passé en revue une litanie de tâches ménagères difficiles physiquement et mentalement, telles que le nettoyage de toutes les pièces et les couloirs, à l'étage et au rez-de-chaussée, et les ranger et polir les meubles. Manjari a été forcé d'aider à préparer le déjeuner et le dîner. Il lui était interdit de monter seule pour nettoyer les chambres et était toujours accompagnée de Mashuma. Alors que Manjari, fatiguée, commençait à sangloter, Mashuma lui donna une tape dans le dos et l'assura qu'elle l'aiderait.

Manjari a travaillé dur à travers la même routine orchestrée par la femme de la maison et supervisée par Mashuma. Parfois, Manjari rencontrait Sameema et son mari, M. Khan.

«Salatun, tu as fait un travail bâclé de ranger mon lit,» se plaignit Sameema. «Le couvre-lit doit être changé tous les trois jours. Je ne supporte pas de dormir dans la misère et le miroir de ma commode a des stries. La prochaine fois, je m'attends à mieux que ça.

Il semblait à Manjari, que peu importe ses efforts, Sameema n'était jamais content.

Les jours insupportables se sont donc poursuivis avec un seul soulagement: le visage compatissant de Mashuma et son coup de main. Au risque de souffrir de la colère de Sameema, Mashuma a aidé à accomplir les tâches ménagères de Manjari; notamment le nettoyage des miroirs obscènes et la dépoussiérer les photos encadrées de la famille Khan. Alors qu'elle préparait les repas de la famille, Mashuma encourageait Manjari à faire une pause et à l'engager dans la conversation tout en être sur ses gardes, de peur qu'un membre de la famille barge de façon inattendue.

« Cet après-midi, la famille sera partie assister à un événement et ne devraient pas revenir avant la fin de la soirée », a déclaré Mashuma un jour. « Donc, je vais vous emmener dans le jardin et nous allons discuter au contenu de notre cœur. Terminez le travail rapidement.

Manjari ne se souvenait pas de la dernière fois qu'elle était à l'extérieur. Ça fait des mois? Un an?

Alors que le cœur de Manjari était lourd de chagrin, l'idée même d'aller à l'extérieur a rendu ses yeux curieux de voir au-delà de la fenêtre. L'humeur de Manjari s'est brièvement levée alors qu'elle entra dans le jardin.

« Je sens que je pouvais respirer l'air frais, et je suis si heureux de sentir le jasmin et les tubéreurs », a déclaré Manjari. Les gardenias étaient là dans un arbre de taille moyenne. Elle voulait en cueillir un, mais sachant qu'il lui était interdit de le faire, elle évitait la tentation d'entrer en contact avec la fleur.

Soudain, des souvenirs de la maison autrefois heureuse de Manjari, avec son étang et son jardin autrefois entretenus avec amour par sa mère, inondent sa conscience. Elle a coulé sa tête et son cœur en deuil et s'est recroquevillée dans une boule alors qu'elle se rendait aux larmes. Mashuma est venu et l'a tapotée doucement sur le dos.

Mashuma soupira en partageant sa propre histoire tragique.

« Vous savez, Salatun, je ne suis pas non plus musulman. Mon nom a été changé, car ces gens nous auraient tués. En échange, je les ai suppliés de me sauver, moi et mon mari la vie, et j'ai promis de les servir aussi longtemps qu'ils avaient besoin de moi.

Manjari a attendu que Mashuma poursuive son histoire.

« Toute notre famille— mesparents et mon enfant —avait l'intentionde s'échapper dans deux camions de livraison différents de fruits et légumes. Mais nous nous sommes fait prendre », a déclaré Mashuma.

« Savez-vous quelque chose sur vos parents et votre fille? » Manjari doucement demandé.

« Oui, qu'ils sont en sécurité et vivants résidant à la périphérie de la grande ville Kolkata. Mais, mon mari ... Mashuma s'arrêta, réalisant qu'elle en avait trop dit. « C'est tout pour aujourd'hui. »

Les nuages noirs se sont rassemblés sur le côté est de l'horizon comme une explosion de brise fraîche soufflait à travers les arbres. Ils ont entendu un chœur d'une sorte qui ressemblait à des chants de prière de loin.

« C'est du camp de la paix du Mahatma Gandhi. C'est de l'autre côté de la rivière », a déclaré Mashuma à Manjari. « Vous voyez, la rivière est au-delà de cette rizière et le camp de la paix est plus loin de la rive de la rivière. Le camp de la paix est un endroit où les personnes en détresse—victimesde cette émeute insensée—peuventse réfugier. J'en ai entendu parler quand nous avions l'intention de nous échapper; c'était le discours de la ville et il y avait des affiches plâtrées dans des endroits comme les marchés aux légumes et aux poissons.

Les souvenirs de Manjari des derniers jours d'existence paisible avec ses parents lui sont revenus. Elle se souvenait de son père mentionnant le nom du Mahatma Gandhi et que Gandhi et ses collègues bénévoles avaient sont arrivés à environ vingt-cinq miles de l'endroit où ils avaient l'habitude de vivre. Manjari pouvait entendre l'écho de la voix de son père. Cela lui semblait si réel : vous savez que le camp de la paix a été lancé par une jeune personne fougueux récemment libérée de prison. Il a été arrêté pour les activités de la révolution contre les Britanniques. Il ya deux dames impliquées aussi dans cette entreprise.

Manjari se souvenait des paroles de son père alors que les larmes cousaient sur ses joues. Elle sentait que le monde entier s'ingait devant elle, et elle flottait juste avec ses mains et ses pieds attachés sur un océan sans fin de douleur. Elle aurait aimé être au Camp de la Paix maintenant ou rejoindre ses parents au Ciel.

Le temps a brusquement changé, correspondant à l'humeur de Manjari, et il semblait qu'il y avait la possibilité de pluie, suivie par la foudre. Les oiseaux volaient avec des bavardages angoissants d'une branche à l'autre, s'avertissant mutuellement d'un danger imminent.

Mashuma a commencé à ramasser les mangues, que le vent avait soufflées des arbres, et a commencé à les mettre dans un panier. Puis manjari et elle se sont précipitées dans la maison.

Si la vie était comme le temps, manjari pensé, alors elle avait envie du calme après la tempête.

Au camp de la paix de Gandhi, des événements spéciaux s'annonçaient. L'un d'eux était la quête de Biva pour Manjari.

« Pourquoi êtes-vous si désireux de trouver cette fille Manjari? »

— Quelqu'un doit prendre le risque de retrouver cette fille, répondit Biva avec audace. « Que se passe-t-il si nous l'abandonnons? Il serait cruel de ne même pas essayer de la sauver.

La grand-mère de Biva a organisé une fois une manifestation avec les femmes-folk pour brûler des vêtements fabriqués en Angleterre. Comme les vêtements fabriqués en Inde ont été interdits, ils ont dû subir la colère de la police britannique et ont été arrêtés pour désobéissance civile. Elle a également raconté l'histoire de deux jeunes femmes instruites qui ont risqué leur vie pour la liberté du pays, et qu'elle a dû hériter de son courage de sa grand-mère et de son père, qui ont tous deux purgé une peine de prison pour s'être battus pour la liberté.

« Quelqu'un là-bas qui travaillait pour l'autorité britannique a planté un fusil dans notre cour la nuit à notre insu et a accusé mon père de trahison », a expliqué Biva avec passion. « Il a été jeté en prison et torturé et tout son argent durement gagné en tant qu'enseignant a été gelé par le gouvernement britannique pour le punir. Me battre pour la liberté est dans mon sang. Je suis donc déterminé à faire ma part pour sauver cette fille!

Au Camp de la Paix, Arun, la réalisatrice, a élaboré la stratégie de la mission de Biva, y compris le choix de Dhiren, un guide familier avec la région, pour l'accompagner. À l'approche du jour du sauvetage, Biva s'est concentrée sur ce qui l'attendait et, comme des obstacles possibles ont envahi ses pensées, elle a essayé de rester optimiste. Sa pire crainte était de ne pas trouver Manjari. Biva a pensé au soutien de son mari, car il lui a permis de poursuivre cette importante mission. Visages de ses proches : sa mère, son père, sa grand-mère, ses frères et sœurs- flashé en face d'elle comme un signe que Biva avait toutes les raisons de rentrer vivant à la maison.

Ensuite, il y avait le plan de mettre fin à sa vie avec respect, avec honneur et tradition, si la mission allait mal.

Biva a gardé son paquet de cyanure protégé; personne ne savait où elle l'avait gardé. Elle avait l'intention de l'utiliser dans le pire des cas, quand elle saurait certainement que son honneur était en jeu. Arun connaissait son plan, alors il a demandé à Dhiren de garder un œil sur elle autant que possible et en aucun cas il n'était de la laisser utiliser le poison mortel car elle pourrait ne pas être en mesure d'évaluer la situation et de prendre le cyanure quand il n'était pas nécessaire. Arun donna cette instruction à Dhiren : s'il pensait que Biva serait en danger réel de la part des auteurs et que son honneur serait en jeu, Dhiren décapiterait Biva avec une grosse épée et se tuerait aussi. Biva n'était pas au courant de ce plan et Gandhi non plus. Gandhi a exprimé sa grande préoccupation au sujet de la mission de sauvetage de Manjari, car c'était la mission la plus dangereuse de toutes.

Biva et Dhiren ont commencé leur recherche de Manjari ce jour-là et ont continué pendant une semaine. La recherche épuisante s'est poursuivi car ils ont dû trouver une excuse différente à chaque fois pour accéder à l'intérieur des maisons quand ils ont visité les propriétaires locaux. Parfois, ils parlaient du camp de la paix et les invitaient à visiter Gandhi. D'autres fois, ils ont discuté d'un projet d'amélioration routière. Ils étaient frustrés par leur recherche, car ils ne semblaient pas aller n'importe où.

Ils ont reçu les informations confidentielles selon laquelle une fillette enlevée, aujourd'hui vieille de dix ans, était prisonnière dans un manoir d'un riche propriétaire. Ainsi, leur objectif était de prendre une chance d'enquêter sur quelques manoirs propriétaires plus riches de l'autre côté de la rivière.

La recherche de Manjari s'est donc poursuivie. La soirée a été paisible et spectaculaire. Le ciel les saluait avec des étoiles, tandis que la terre leur donnait une douce brise et des lucioles sauvages.

D'un côté de la rivière s'étendait un pont unique composé de deux planches de bambou, qui gisaient horizontalement côte à côte et attachés ensemble. L'extrémité de chaque côté a été fortifiée avec de forts poteaux verticaux en bambou. Alors que Biva serrait une lanterne couverte près de son corps, elle a constaté que traverser la rivière dans l'obscurité de la hauteur est devenu une véritable manœuvre de gymnastique, alors Biva a conseillé à son préposé de nager et de l'attendre de l'autre côté de la rivière.

Quand elle est arrivée à la porte de l'immense manoir, elle a dit au gardien qu'elle voulait parler à la dame de la maison. Le portier hésitait, mais avec la demande persistante de Biva, il lui accorda finalement la permission. Sameema, accompagnée de Mashuma, a salué Biva, qui a expliqué qu'elle et ses autres compagnons étaient en tournée dans cette région pour voir si quelqu'un était intéressé à donner de son temps pour aider à construire des routes ou aider à obtenir de l'électricité et de l'eau potable sûre et accessible.

« Êtes-vous intéressé à vous impliquer dans ce projet? » Biva demandé.

Sameema semblait honorée car on ne lui a jamais demandé et a eu la chance de prendre un rôle important en dehors de sa maison, alors elle a invité les invités à l'intérieur de la maison. Mashuma s'est soudainement excusée en disant qu'elle voulait vérifier quelque chose. Entre-temps, Sameema est partie pour trouver son préposé pour faire du thé et des collations.

À ce moment précis Manjari semblait dépoussiérer les photos et les chaises en bois de rose dans le long couloir. Elle était curieuse au sujet des visiteurs et espérait qu'ils remarqueraient sa présence.

Le radar de Biva a immédiatement visé la jeune fille. C'était Manjari.

« Quelqu'un vous a-t-il apporté ici? » Biva murmura comme elle saisit la main de la jeune fille. « Manjari? Est-ce vous?

Manjari a réprimé un lb en entendant son nom.

— Je suis venu vous sauver, murmura Biva.

— Mais je ne vous connais pas, protesta Manjari. « Allez-vous vraiment aider? »

— On n'a pas le temps de discuter, répondit Biva avec anxiété. « Vous devez me faire confiance. Il n'y a pas d'autre moyen pour toi de sortir d'ici. Montrez-moi une fenêtre ou un espace ouvert d'où nous pouvons essayer de sortir.

Avec un fort sentiment qu'elle pouvait faire confiance à cette femme, Manjari rapidement guidé Biva à une petite salle de bains avec une fenêtre ouverte. Ils ont dû marcher sur les toilettes pour sortir de la chambre. Puis, après que Biva a sauté, elle a exhorté Manjari à sauter dans ses bras.

« Ne vous inquiétez pas. Je vais vous attraper », lui assura Biva. « Tu peux me faire confiance. »

Manjari ferma les yeux. C'est tout. Son billet pour la liberté. Elle risquerait de s'échapper avec cet étranger ou de rester et de mourir. Manjari se rendit dans les bras d'attente de Biva. Le soulagement s'est envolé à travers leurs deux cœurs. Mais ils couraient tous les deux aussi vite qu'ils le pouvaient. Il était trop tôt pour fêter ça. Ils ont dû courir pour leur vie.

Recouverts de la même burka noire que Manjari portait, ils se fondaient dans l'obscurité. Biva savait qu'ils devaient atteindre la rive de la rivière bientôt, mais les arbustes et l'obscurité ont rendu le chemin presque insupportable. Ils entendaient du bruit et pouvaient voir un semblant de lumières itinérantes près du manoir de loin. Ils se précipita leur rythme, trébuchant sur les branches, comme ils savaient poursuivants étaient sur leur chemin. Enfin, ils atteignaient la rive de la rivière où dhiren, le préposé de Biva, attendait. Il les a aidés à descendre dans la rivière et leur a dit de nager sous l'eau aussi longtemps qu'ils le pouvaient et momentanément lever la tête pour reprendre leur souffle. Chaque instant était rempli d'incertitude alors qu'ils nageaient dans l'obscurité. Manjari était heureuse que son père lui ait enseigné l'un des plus grands dons de la vie : nager. Elle ne nageait pas seulement pour lui sauver la vie. Elle nageait pour honorer ses parents.

Ils ont nagé jusqu'au côté sûr de la rivière et ont finalement atteint la rive du camp de la paix. Comme ils ont atteint le camp, les chiens de garde ont commencé à aboyer avec excitation. Le camp de la paix était barbelé tout autour, et il y avait des gardes armés avec des épées et des bambous. Les gardes se sont postés à chacun des quatre coins du camp.

Ils ont été spécialement formés pour défendre et combattre en cas d'urgence, et Arun a exigé que les gardes servent vigilants quarts de huit heures. Soudain, le camp de la paix éclata en pétales de soulagement et de liesse en saluant les arrivées tant attendues, chargées de boue et d'épuisement mais chanceuses d'être en vie.

Les heures suivantes se passèrent alors que Manjari se rendit compte qu'elle n'était plus en danger. Sur le chemin du camp de la paix, ils ont entendu la sérénade continue des grillons et le croassement des grenouilles. Leur vision a tourné sur les rizières où les lucioles dansaient follement. La liberté était à elle.

Manjari ne pouvait pas dormir cette nuit-là. Elle n'arrêtait pas de penser que c'était un rêve, qu'elle était vraiment encore de retour au manoir avec les ordres aboiements de cet horrible Sameema. Puis peu à peu, elle a absorbé l'ambiance de l'endroit que son père a mentionné à une époque qui semblait il y a des siècles. Il y avait d'autres jeunes enfants dans le camp, quelques-uns accompagnés de leurs parents, tandis que d'autres perdaient leur père, et certains étaient totalement orphelins comme elle. Jour après jour, elle s'est adaptée à la vie au camp. Manjari a continué à faire confiance à Biva, après tout, la femme a risqué sa propre vie pour sauver la sienne. La confiance s'est transformée en gratitude et en gratitude transformée en amour. Quel choix Manjari avait-il d'autre choix que de choisir l'amour, qui a toujours vaincu la peur, lui avait dit sa mère. Avec le temps, Biva deviendrait une mère porteuse de Manjari.

Puis un jour, Manjari a reçu une invitation inoubliable, une chance de rencontrer Gandhi.

« Il est très gentil et il aime beaucoup tous les enfants », lui a assuré Biva.

Quand mahatma Gandhi est arrivé, tout le monde dans le camp semblait être dans la crainte collective en sa présence. Les enfants se sont rassemblés, attendant d'être étreints par le grand chef comme s'il était leur grand-père, le Père de tous les Pères.

« J'ai prié pour mon père », dit un petit garçon dont le père a été assassiné.

« Je prie pour votre vie saine et heureuse », a dit Gandhi au garçon.

Biva a présenté Manjari à Gandhi qui semblait très heureux de les voir.

« Avec la grâce de Dieu, je suis heureux de vous voir vivant et en bonne santé », a-t-il dit. « Biva, je suis si heureux de vous voir, et je suis très fier que vous avez accompli votre tâche avec courage et détermination. »

Il se tourna vers Manjari. « Manjari, mon enfant, venez ici. Biva a risqué sa vie pour te sauver. Sachez toujours que vos parents sont dans un endroit plus paisible, et ils veillent constamment sur vous.

Manjari était en larmes alors qu'elle embrassait Biva. C'était la première fois qu'elle montrait son émotion intense à Biva. Gandhijee a inauguré Biva et Manjari dans une pièce où un tapis fait de feuilles de palmier tricotées a été étalé sur le sol. Il y avait quelques oreillers avec des couvertures brodées posées sur le tapis au coin, et un grand vase en argile avec des tubéreurs. Une grande roue de rotation s'est assise au milieu de la pièce attendant d'être filée.

« J'ai entendu dire que vous aviez très bien fait à l'école », a dit Gandhi à Manjari. « Voulez-vous poursuivre vos études? »

« Comment? Mes parents ne le sont plus », se demandait Manjari alors que les larmes commencaient à bien se faire dans ses yeux.

« Nous connaissons votre situation », a déclaré Gandhi. « Supposons que nous avons organisé pour elle? »

Manjari s'est dite préoccupée de ne pas savoir où elle vivrait. Gandhi lui a assuré que des bénévoles avaient recueilli des fonds pour ouvrir une nouvelle école avec un dortoir pour les filles qui ouvrira bientôt autour de la ville de Kolkata.

« Vous allez y aller et continuer votre éducation, dit-il. « Vous devez le faire pour vous-même et pour vos parents de survivre dans ce monde. Biva s'occupera de vous et vous guidera chaque fois que vous en aurez besoin.

Manjari était submergé par la joie et la peur simultanée de l'inconnu. Malgré ses larmes, Manjari a exprimé un sourire de gratitude à Biva, qui lui a rendu le sourire. En arrière-plan, le chant vibrait dans tout le camp de la Paix. Ils chantaient:

Si tout le monde revient / Oh vous pauvre âme malheureux / Alors que vous marchez sur la route désolée, personne ne regarde en arrière / Puis il suffit de passer à autre chose, piétinant les épines sur la route sous vos pieds enseurés / Tout seul

L'Inde a obtenu l'indépendance et le pays a été divisé. Manjari a fréquenté l'internat avec Biva comme mentor. Elle a progressivement surmonté ses obstacles émotionnels qui l'emportaient sur son défi académique. Elle a lentement appris à s'adapter et à reprendre le contrôle de ses traumatismes

Les conseils et le soutien de Biva au fil des ans. Même si Biva avait ses propres enfants, elle était toujours là pour voir Manjari atteindre des objectifs personnels et éducatifs importants.

Des années plus tard, en tant que chef du département d'histoire dans une université à cent cinquante kilomètres de Calcutta, Manjari a pensé à la façon de faire vivre l'histoire à ses étudiants. Elle sourit paisiblement en décidant de partager avec ses élèves et avec les générations futures sa propre histoire, l'histoire de ses parents et l'histoire d'amour, de douleur, de survie et de liberté de son pays.

Alors que la soirée s'installait lentement, l'odeur de la fleur exotique de Mohua flottait dans les airs au moment même où la lune rouge regardait à travers la lointaine chaîne de montagnes. Manjari pouvait entendre le battement des tambours de percussion madal pendant que les tribus dansaient et chantaient avec la brise douce. Manjari ferma les yeux en embrassant les souvenirs , bons et mauvais , de son village, de ses parents, de son esclavage dans ce manoir, Biva, et du camp de la paix. La chanson sonna éternellement dans sa tête:

Si tous tournent le visage, se sentant effrayés, un et tous, alors ouvrez votre cœur ... C'est la ballade de la paix, de l'amour et de la liberté pour tous.

# 2

## Un lys fleurit en été

À l'été 1950, Lily s'assit se détendre dans sa maison de style renaissance Tudor à Charleston, caroline du Sud, sa maison de toute une vie, se remémorer les années depuis qu'elle était à l'école secondaire.

Les grandes fenêtres du salon invitait les lumières, les sons et les parfums de l'extérieur. Une odeur sucrée et citronnée de bonbons emplait l'air. Alors qu'elle regardait à l'extérieur, les magnolias en fleurs se baladaient par une douce brise près de la porte, la rendant somnolente.

Dans le salon, au-dessus de la cheminée, il y avait un tableau de Rome et un portrait de Lily comme une jeune fille. Dans ce salon, elle avait dansé avec de la musique fournie par un juke-box loué à des chansons dont « I'm Going to Meet my Sweetie Now », de Jean Goldkette et de son orchestre; « Back in your Own Backyard », de Paul Whitman; et « Because My Baby Do Not Mean Maybe », par Frank Frey et George Wilson. Alors que Lily était assise sur son canapé floral, elle se sentait transportée dans le passé.

En 1925, quand Lily était au lycée, elle était pleine de vie et prête à explorer le monde. Bien qu'elle ait mené une vie pleine d'activités et de plaisir, elle était toujours à l'abri. Les filles de sa classe faisaient quelque chose. Ils voulaient rompre avec la façon de vivre conservatrice de leurs parents et faire quelque chose d'amusant. Ils voulaient une soirée qui comprenait une soirée dansante et de jeunes hommes avec qui danser. il était un concept idéal, mais comment concrétiser l'idée était un défi.

Elle a envoyé un message à sa cousine du côté de sa mère, qui était étudiante aux cycles supérieurs à l'Université de Caroline du Sud :

Cher Doug,
*Je veux vous rencontrer et discuter d'une question très sérieuse. S'il vous plaît, dites-moi où nous pouvons nous rencontrer. Je préfère qu'on se rencontre ailleurs, pas chez nous. Au plaisir de votre réponse.*
*Tout le meilleur, Lily.*

La mère de Lily, Betsy, était très proche de sa sœur, Nelly, qui habitait Charleston non loin de Betsy. Doug viendrait régulièrement passer du temps avec Lily dans sa maison avec sa mère quand son père était en voyage d'affaires. Doug, qui avait quatre ans de plus que Lily, était très protecteur d'elle.

Quand Doug a découvert le désir de Lily d'assister à une soirée dansante, il était très réticent; mais avec l'insistance de Lily, il accepta enfin. En rugissant 1925, elle a organisé une soirée dansante avec la bénédiction du cousin Doug et une planification minutieuse.

Doug a choisi ses amis de l'Université de Caroline du Sud pour être invités à la fête. Il a regardé dans différents endroits à Charleston, mais a choisi un club-house près de l'université, près de la rivière. La promenade a servi de site charmant pour marcher le soir et passer du temps libre. Le club-house était entouré d'un
belle pelouse avec de grands arbres et arbustes décoratifs. À l'intérieur du club-house, la salle principale

comprenait une piste de danse en bois et une scène de taille moyenne.

Les jeunes hommes se sont rassemblés dans le club-house par une belle soirée d'été alors que le soleil descendait vers l'ouest, mais le ciel était lumineux et lumineux.

Les filles, portant leurs robes de clapet et talons hauts sont entrés lentement; certains arrivent avec de longs gants, chapeaux, colliers et autres accessoires, et d'autres avec une bande étincelante sur le front avec une plume de paon. Lily vêtue d'une robe noire en dessous du genou et de plusieurs longs colliers de perles, qui pendaient rythmiquement comme elle est entrée dans le club-house. La peau claire de Lily brillait au crépuscule.

Ils se sont mêlés et se sont un peu familiarisés lorsque le cousin de Lily, vêtu d'un smoking, s'est tenu sur le kiosque à musique a annoncé: « Merci à tous d'être venus. Warren, mon ami de Princeton, est tout aussi talentueux en mathématiques et en physique; mais aujourd'hui, il montrera son expertise avec le violon.

Warren se tenait grand, une figure à la peau d'olive avec de grands yeux noirs brillants brillant comme deux bougies rougeoyante dans la nuit noire. Warren arborait un costume à double poitrine marine et une montre de poche, attirant non seulement l'attention de Lily, d'autres dames se tenaient prêtes à proximité, arrangeant subtilement leurs coiffures coiffées et en lice pour l'attention de Warren.

Comme Warren a commencé à jouer de son violon, le public était hypnotisé. Il y avait un rugissement joyeux avec une ovation après qu'il ait terminé sa pièce.

Lily était envoûtée. Comme toutes les filles tourcé autour de Warren, Lily se tenait à quelques pieds, jetant ses beaux yeux bruns sur lui. Elle était sûre que sa distance apparente avec les filles ogling lui ferait se démarquer dans la foule.

Une fois que la musique et la danse ont commencé,

Warren s'est promené vers elle. Son cœur et son pouls vibraient rapidement alors qu'il se tenait devant elle, la main tendue. Comme elle a permis à son cadre mince de se rendre à ses bras capables et son plomb confiant, Lily s'est vite rendu compte que Warren était un très bon danseur. Elle voulait se donner complètement et souhaitait qu'ils dansent pour toujours , ce temps resterait immobile. Après quelques danses, Lily a laissé entendre qu'elle avait l'air de sortir prendre l'air.

Hochant la tête, Warren a conduit Lily au bord de l'eau où ils ont apprécié une promenade romantique en soirée. Le ciel était parsemé de millions d'étoiles regardant vers le bas sur eux.

Alors qu'ils s'asseyaient côte à côte en se tenant la main, Lily s'émerveillait de la nature de cette histoire. Warren semblait hésitant et un peu timide. Au fond de lui, Lily espérait qu'il n'avait pas l'esprit de la main tenant et a souhaité qu'il était tout aussi désireux qu'elle était. Puis, quand il regarda autour nerveusement, Lily compris la raison de son hésitation. Alors qu'il semblait tout aussi attiré par elle qu'elle l'était pour lui, Lily a supposé Warren était sur ses gardes, il craignait qu'ils seraient pris. Sentant son anxiété, elle lâtit sa main.

Quelques minutes plus tard, Lily a tenté de faire une conversation légere.

« Alors, vous assistez à Princeton et major en mathématiques et en physique? »

« Eh bien, ils sont un peu liés dans le projet sur qui je travaille en ce moment, a répondu Warren.

« D'où êtes-vous? »

« Jackson, Mississippi. »

« Vos parents y vivent aussi? »

« Juste ma mère, qui est couturière. Mon père est parti depuis longtemps. Il la regarda, adtant comment la lune jeta une lueur sur son visage. « Qu'en est-il de vous, Mlle Lily? »

« Je vis à Charleston avec mes parents. Ma mère est professeur de piano et enseigne aux élèves à la maison », dit-elle en lissant sa jupe. « Mon père est ingénieur et travaille actuellement autour de Charleston. »

« Que voulez-vous faire après avoir terminé l'école secondaire? »

— Eh bien, j'aimerais aller à l'université, répondit-elle avec coyly, cachant sa bouche et son nez derrière son ventilateur.

Les yeux de Warren se sont élargis. « Tes parents accepteront de t'envoyer à l'université ? »

« Oh, oui, je peux continuer à étudier aussi longtemps que je veux. »

— C'est très aimable de leur côté, dit Warren en regardant de l'autre côté.

Lily le regarda curieusement. « J'ai beaucoup entendu parler de vous de Doug, donc je ne vais même pas vous déranger avec la même question. »

Il la regarda droit dans les cheveux. « Vous ne seriez pas me déranger du tout, Mlle Lily.

» Lily a été particulièrement prise par son teint olive, sa grande construction, ses cheveux ondulés foncés et ses yeux foncés bordés de longs cils. Elle ne pouvait pas lui enlever les yeux. Elle s'est rendu compte que son regard était tout aussi déterminé sur elle.

Bien qu'il s'agisse d'un acte audacieux pour une jeune femme de son âge, elle se rapprocha un peu plus de lui alors qu'ils arpentaient tous deux le reflet des lumières fragmentées des inondations sur l'eau sombre.

Tout d'un coup, Lily sentit ses bras s'enrouler autour d'elle alors qu'elle savourait la chaleur de son toucher, les pointes sensuelles rampant à travers ses pieds, qui lentement mais sûrement s'est repris sur son corps. Elle se sentait presque molle et se donna complètement à l'étreinte chaleureuse de Warren.

Ils se regardaient, les bras toujours serrés, alors qu'ils sentaient leurs cœurs palpitants battre de poitrine en poitrine alors que les étoiles brillaient et que la lune brillait au milieu du vaste ciel.

Warren, soudain surpris, se libéra de Lily et prononça nerveusement:

« Mlle Lily, je dois vous dire quelque chose. »

Déçue qu'un seul moment puisse passer du bonheur au stressant, Lily resta immobile, anxieuse de ce qu'il peut révéler.

« Si vous n'avez pas déjà observé — je ne suis pas entièrement blanc — c'est-à-dire que ma mère est blanche », dit-il en essuyant ses mains mointées sur son pantalon. « Mon père était noir. »

Il a commencé à s'éloigner d'elle comme elle était assise là stupéfait. Alors qu'il est venu comme tout un choc, elle n'a jamais

attendu, toujours après le choc initial s'est dissivé, elle l'a brossé. « Et alors? »

C'était au tour de Warren d'avoir l'air choqué. « Il n'a pas d'importance pour vous? »

Lily a essayé d'apaiser son inquiétude avec un sourire. « Pas du tout. »

Sa réponse ne semblait toujours pas satisfaire Warren qui a commencé à faire des allers-retours. « C'est important pour le monde dans lequel nous vivons. »

Elle se leva alors et plaça une main rassurante sur son bras. « Nous pouvons faire face au monde ensemble. »

Warren a commencé à prendre sa main, mais a pensé le meilleur de celui-ci. « Mlle Lily, je ne veux pas vous faire vivre ça. »

Lily prit hardiment les deux mains de Warren dans la

sœurs: « Vous ne faites rien de mal, pas pour moi. On peut s'en sortir. Je veux être avec vous.

« Alors c'est nous contre le monde », a-t-il dit, tristement en se détourna. « Je ne pourrai pas vivre avec moi-même si le monde vous torturait juste parce que vous avez choisi d'être avec moi. »

Le monde fantastique de Lily s'est effondré comme un jeu de cartes. En face d'eux se trouvait le front de mer, toujours incandescent, encore intact et sans entraves par ses ennuis. Brillant comme de la tôle, avec des lignes noires d'ondulation, elle pouvait voir à distance un bateau à vapeur baratté le long. Le couple étoilé se tenait sans voix alors que la douce brise estivale soufflait lentement, incapable d'alléger leurs cœurs lourds.

« Mlle Lily, nous devrions retourner au club-house. Doug va me chercher. Il remarquera votre absence, aussi.

Lily a constaté qu'elle était incapable d'empêcher ses larmes de rouler sur ses joues.

S'ils se reverraient, Warren a profité de l'occasion pour raconter à Lily quelques faits sur lui-même. Ensuite, elle pouvait décider s'il valait la peine de prendre le risque.

« Mon père était une personne instruite, qui gagnait sa vie honnêtement », a-t-il dit en jetant les yeux vers l'eau. « Il a été harcelé assez souvent comme un homme noir. Mes parents ont été menacés par les voisins et ils ont dû déménager d'un endroit à l'autre quand j'étais jeune. Ce n'était pas une bonne période de ma vie.

Warren se ressaisira lentement, tenait Lily près de lui, et prononça doucement : « Je suis vraiment honoré par votre présence et je chérirai ces moments pour le reste de ma vie. »

Lily prit les deux mains de Warren et dit: « Warren, nous pourrions avoir beaucoup plus de moments comme celui-ci, si seulement vous nous laisserez. »

Ils ont souri et ont commencé à marcher vers le club-house.

« Je devrais vous en dire plus sur ma famille, dit-il en continuant à marcher, mon grand-père était un esclave qui travaillait dans les champs et grand-mère travaillait dur pour l'aider. Ils étaient un peu en règle avec leurs maîtres. Ils ont élevé mon père pour être éduqué et finalement il a terminé ses études collégiales et a commencé

l'enseignement des mathématiques et de l'anglais à l'école. Son passe-temps était de jouer du saxophone dans les boîtes de nuit.

« Ma mère était une jeune et très jolie fille qui a terminé ses études secondaires, mais qui n'avait pas encore décidé de son avenir. Elle a rencontré mon père dans un concert où il s'était produit et a continué à assister à d'autres

40

concerts avec ses amis non seulement parce qu'elle aimait la musique, mais parce qu'elle était tombée amoureuse d'un des musiciens — mon père. Il semblait que l'histoire d'amour parfaite, presque un conte de fées, mais en réalité, il n'était pas. Ils ont tous deux enduré tant de choses et ont traversé la vie en luttant dans l'humiliation tout cela parce que mon père était noir et n'avait pas d'argent. Pour ajouter à leur misère, la famille de ma mère était étroitement liée à la famille où mon grand-père était esclave, mais plus tard libéré. Ma mère venait d'une famille de vieil argent. Warren s'arrêta, son visage rempli de douleur. « Désolé de vous accabler avec cela. »

Lily était sur le point de protester quand ils ont tous deux croisé Doug, qui marchait assez vivement, un regard inquiet sur son visage. Doug s'est arrêté aussi vite qu'il regardait Lily avec Warren. Un silence douloureux et maladroit s'ensuivit alors que les trois jeunes gens se regardaient.

Doug semblait balayer toute inquiétude et tout soupçon qu'il avait alors qu'il essayait d'égayer l'ambiance. « Oh, vous êtes là! Je te cherchais.

— Nous sortions prendre l'air, répondit Lily en jetant un regard prudent vers Warren.

— Doug, commença Lily, mal à l'aise avec le ton curieux de son cousin. Il était évidemment à la recherche d'informations. Elle a deviné que Doug avait compris ce qui se passe le long du front de mer. « Je ne sais pas où vous allez avec cette conversation. »

Et donc, alors qu'on n'en disait pas plus cette nuit-là concernant Warren, Doug a clairement indiqué à Lily que même s'il était bien pour lui de rester ami avec Warren, il serait inapproprié pour Lily de rester en contact avec l'objet de son affection.

Au fil du temps, Lily et Warren correspondaient secrètement par des lettres jusqu'à ce que Lily soit admise au Wesleyan College en 1927. Pendant ce temps, Warren avait terminé sa maîtrise et alors qu'il était engagé dans un projet de recherche, il avait l'intense désir de visiter Lily. Il ne pouvait tout simplement pas la sortir de son esprit, alors il lui a écrit et elle a très rapidement répondu: « Je ne peux pas attendre de vous voir. »

De là a commencé la première de leurs réunions clandestines. Le jour de leur rencontre tant attendue, le couple a échangé des histoires sur ce qui s'était passé depuis qu'ils s'étaient vus pour la dernière fois. Pour leur plus grand plaisir, ils ont constaté que leurs sentiments les uns pour les autres ne s'étaient pas dissipés. C'était pour de vrai. Ils ont donc décidé de continuer à se rencontrer secrètement, loin de chez eux, de leur famille et de leurs amis et surtout, des yeux soupçonneux de Doug.

Pendant les trois jours qu'ils passaient ensemble, ils ne se sont jamais quittés, sauf quand Lily a dû retourner à son dortoir aux petites heures du matin pour dormir.

Ils ont organisé des visites chaque fois qu'ils en avaient l'occasion avec leurs horaires scolaires chargés et les recherches de Warren. Warren a partagé la bonne nouvelle à Lily qu'il a été admis dans le programme de doctorat en physique qui lui permettrait de combiner sa passion pour la physique et les mathématiques.

Pendant que Lily était heureuse et le félicitait, elle se demandait ce que l'avenir leur ténuait tous les deux. Un noir instruit n'avait toujours pas le droit d'aimer une femme blanche, comme la société le dictait. Rien n'avait changé de la génération des parents de Warren à la leur. Il ne fait aucun doute qu'il y aurait des luttes à venir.

Et ce jour de compte est arrivé plus tôt que Lily ne s'y attendait.

Doug a reçu des informations d'occasion de son entourage d'amis sur les réuni ons secrètes de Warren et Lily et leur relation. Alors qu'il a commencé à s'enquérir de l'arrière-plan mystérieux de Warren, Doug s'est rendu compte qu'il voulait découvrir des failles majeures dans le caractère et la réputation de Warren qui le distanceraient de Lily. Grâce à d'intenses pressions et des enquêtes, Doug a découvert que Warren, qui pendant longtemps avait trompé tout le monde en pensant qu'il était d'origine méditerranéenne, était en effet le fils d'un homme noir. Ce fait a certainement mis une cicatrice dans son livre, en ce qui concerne Doug.

Cette information particulière a bouleversé Doug et même jaloux d'une certaine manière, qu'un tel homme d'origine warren pourrait recueillir un tel niveau élevé de réalisation, bien au-dessus de la sienne. Doug savait qu'il ne pouvait plus rester là comme le monde comme il savait qu'il changeait sous ses yeux. Saisissant sa plume, il a écrit à Lily.

Je vous écris, car je n'ai pas eu de vos nouvelles depuis longtemps. Je sais que vous êtes occupé, mais il est urgent que je vous atteigne, car il y a une question qui a besoin de notre plus grande attention. Tu ne me laisses pas d'autre choix que de te faire passer la nouvelle si franchement. Ma chère, tu devrais savoir que Warren est à moitié noir et vient d'une famille pauvre. Son père est mort. Jusqu'à présent, il a réussi à passer comme blanc et rester évasif sur son statut social, en choisissant de nous tromper avec sa couleur de peau un peu claire et l'excellence dans les universitaires. Il travaille dur et peut charmer n'importe qui avec ses bonnes manières. Aller plus loin dans cette relation avec lui sera désastreux pour vous deux. Comme vous le savez, ma chère, la disparité sociale existe certainement et la société n'accueillera jamais l'union. La soci été fera de toi un paria si tu choisissais de continuer à le voir. Pense à tes parents. Voulez-vous les torturer autant ? Je t'ai toujours aimé comme ma propre petite soeur, c'est pour ça que j'écris, t'implorant de te distancer de Warren tout de suite. Je vous en supplie de vous. Fais ça pour ta famille, pour ton bien. Pense à ton avenir. Meilleurs voeux, ton cousin aimant, Doug.

Quand Lily et Adriana sont arrivées dans le New Jersey, il avait été arrangé à l'avance que Lily resterait avec Adriana dans la maison de ses parents. Donc, avant de partir, Lily a rapidement informé Warren de l'endroit où elle resterait si jamais elle était en ville lors d'une visite.

Avec Adriana sur place pour couvrir l'absence de Lily, Lily et Warren se sont rencontrés secrètement dans un parc pas trop loin de l'endroit où elle est restée. Si triste et anxieuse était-elle qu'elle a éclaté en sanglots en voyant Warren.

Ils passaient quelques instants de silence à s'étreindre. Pour le curieux spectateur, Lily savait que Warren pouvait passer pour un gentleman d'Europe occidentale, peut-être de France, d'Espagne ou d'Italie, avec son teint de peau d'olive et sa belle apparence méditerranéenne. Ils se sont tous les deux installés et ont commencé à se parler en se tenant la main.

« Lily, nous devons finir ce que nous avons commencé, dit-il, sérieusement. « Nous sommes en 1929, vous avez encore deux ans d'université à faire et mon projet prendra au moins deux ans de plus avant que je puisse commencer à écrire ma thèse. »

Elle leva les yeux avec des yeux remplis de larmes. « Qu'est-ce que vous essayez de dire? Je suis d'accord, nous serons tous les deux occupés par nos études, mais ce sera très difficile pour moi si je perds le contact avec vous et que je ne peux pas vous voir.

Warren secoua la tête. « Mis à part notre éducation, il y a la question de votre cousin, votre famille. Ceci — nous — ils n'accepteront jamais. Nous ne voulons pas regarder en arrière avec regret.

Comme il a continué à parler, le cœur de Lily martelé. Elle savait qu'il essayait de rompre avec elle, mais elle n'allait pas le permettre.

« Nous devons nous voir, je sais que ce sera difficile, mais nous allons trouver un moyen, dit-elle.

Elle a supposé que le silence de Warren signifiait qu'il était d'accord avec elle plaidant ainsi, pour le moment, elle se sentait consolée. Pourtant, elle ne pouvait s'empêcher de secouer le sentiment profondément en elle qui lui disait qu'elle demandait l'impossible. S'ils réussissaient leur carrière choisie, des sacrifices devaient être faits. Elle a essayé de secouer toutes les pensées négatives, préférant plutôt savourer leurs quelques précieux, brefs moments ensemble.

Lily croyait qu'elle avait quitté le New Jersey sur une note positive.

Au fil du temps, ils se sont plongés dans leurs études, continuant à rester en contact à travers les lettres. Près d'un an s'était écoulé jusqu'à ce qu'ils se réunissent finalement brièvement pendant la pause du travail de Warren. Il a révélé que sa théorie mathématique était de plus en plus reconnue à l'université et la joie évidente dans les yeux de Warren a apporté des larmes joyeuses à elle-même. Plus de temps s'était écoulé jusqu'à ce qu'ils décident de se rencontrer à nouveau, cette fois autour wesleyen où Lily terminait ses études.

À cette époque, Lily a été submergée par l'émotion comme elle étreint et embrassa Warren, ne laissant pas ses yeux hors tension

lui pendant une minute. Elle a vraiment senti que, depuis qu'ils étaient venus aussi loin dans leur relation, tout était possible.

Après une première période de joie et d'excitation, ils ont discuté de leurs plans académiques supplémentaires qui comprenait Warren terminant sa thèse et Lily commence à réaliser son rêve d'écrire pour le journal du campus. Comme il semblait que le « ciel est la limite », elle était déterminée à obtenir une maîtrise, peut-être à l'université de Warren afin qu'elle puisse être proche de lui.

Mais hélas, leur joie fut brève. Warren semblait anxieux et triste. Il a commencé à dire quelque chose, mais s'est arrêté, alors une Lily tout aussi anxieuse a demandé: «

Dites-moi, qu'est-ce qui se passe avec vous? Vous savez, vous pouvez me dire n'importe quoi.

Warren est resté silencieux et distant. Sur l'insistance de Lily, il a finalement renversé les mots qu'il redoutait de partager avec elle.

« J'ai reçu une lettre anonyme de quelqu'un indiquant que je serai en danger si je ne fais pas attention. L'écrivain a déclaré qu'un homme de couleur n'avait rien à se faire passer pour un homme blanc et a menacé de m'exposer, un acte qui aurait sûrement de graves conséquences.

Lily voix craqué de peur comme elle a demandé: « Quand avez-vous reçu cette lettre? »

Il y a quelques semaines, répondit Warren. « Mais je ne voulais pas vous inquiéter. Maintenant, je pense que vous devez savoir que je crains pour votre sécurité ainsi que la mienne.

« Pensez-vous que Doug l'a envoyé ? » demanda-t-elle, sachant très bien que s'il le faisait, elle ne pardonnerait jamais à son cousin.

« Que pensez-vous que nous devrions faire?

» Le postmark vient de New York, répondit Warren solennellement. « Il pourrait être n'importe qui, mais sûrement c'est de quelqu'un au courant de nos visites secrètes. Il est difficile de faire confiance à qui que ce soit de nos jours.

Enfin, Lily s'est rendu compte de la gravité de leur situation, ce que Warren avait prédit depuis le début. Autant qu'elle a essayé de rester optimiste quant à leur avenir, à l'heure actuelle, un avenir ensemble, comme mari et femme semblait sombre, au mieux. L'idée que leur vie serait à jamais en danger a commencé à faire des ravages sur Lily qui semblait être secoué de son noyau même.

« Je ne veux pas te perdre. Je ne supporte pas d'être sans toi.

Warren, d'autre part, semblait être calme à l'extérieur,

peut-être pour l'amour de Lily, mais à l'intérieur, il était bouillonnant.

« Cela signifie plus que ne pas être en mesure d'assister à votre diplôme », a déclaré Warren. « Ne pouvez-vous pas enfin voir que la soci été ne nous permettra pas d'être ensemble? Pas maintenant et peut-être, jamais.

« Oubliez mon diplôme, je suis très préoccupée par votre bien-être, dit-elle, toujours dans le déni qu'ils n'étaient pas destinés à être ensemble, quelles que soient les circonstances.

Lily a dû admettre, elle était assez entêtée à son goût. Peu importe ce que Warren dirait à la raison avec elle, elle s'était efforcée de trouver un moyen pour eux de continuer à se rencontrer et à communiquer. Une fois de plus, elle a convaincu Warren qu'ils pouvaient réussir à garder leur relation un secret, malgré les menaces, tant qu'ils pouvaient être très prudents.

La dernière année d'université de Lily s'est avérée mouvementée et entre-temps, Warren était occupé à terminer ses recherches et sa thèse. Pourtant, ils ont quand même réussi à rester en contact à travers discrètement et prudemment envoyé des lettres qui avaient de faux noms inscrits dans les lettres ainsi que les enveloppes si les lettres tombent entre de mauvaises mains.

Bientôt, Lily a obtenu son diplôme avec brio et était de bonne humeur, impatient d'étudier des études supérieures. Elle rentre chez elle pour une pause bien méritée à l'été 1931.

Doug s'était occupé à créer sa propre entreprise de vente de matériaux de construction. Mais il n'a jamais été trop occupé pour surveiller Lily.

Une discussion ouverte avec ses parents au sujet de son avenir et l'ouverture d'une boîte de Pandore par un partenaire de vie ont ouvert une boîte de Pandore. Sa mère est devenue bouleversée et hystérique en sanglotant et en reprochant à son mari d'accorder trop de liberté à leur fille. La mère de Lily a dit qu'elle savait déjà pour « l'homme de couleur » que Doug avait mentionné. Lily regarda vers son père, à la recherche d'un signe de soutien, mais il ne pouvait pas en fournir, comme il est resté silencieux sous son comportement stoïque. Lily semblait accepter le comportement attendu de ses parents envers la révélation de leur fille et ils lui ont même dit que, dans le temps, elle passerait à cette phase ridicule de sa vie et finirait par passer à autre chose. Lily croyait que maintenant, sa seule évasion était d'obtenir l'admission à l'école supérieure. Pourquoi je n'avais pas pensé à cela avant, pensait-elle.

Lily est allé au lit cette nuit d'été désireux de se réveiller rafraîchi et désireux de saisir sa plume pour écrire à Warren sur un plan brillant pour eux de s'enfuir sans plus tarder. Mais quand la mère de Lily avait subi un léger accident vasculaire cérébral, laissant un côté de son corps paralysé, Lily se sentait coupable et est restée avec sa mère jusqu'à ce qu'elle reprene des forces.

Pendant tout ce temps, Lily est restée préoccupée par Warren. Elle a découvert qu'elle était constamment harcelée par des gens à l'extérieur du campus universitaire qui ont apparemment entendu parler de son « identité cachée » en tant qu'homme de couleur. Heureusement, il y avait quelques personnes qui étaient sympathiques à la situation critique de Warren, y compris son mentor de recherche, qui a eu pitié de Warren et lui a donné un endroit pour chambre et pension jusqu'à ce qu'il soit prêt à partir pour un emploi d'enseignant ailleurs.

Il semblait que le destin ne gouvernerait pas en leur faveur. Après un certain temps, la correspondance entre Lily et Warren a commencé à diminuer, et la vigne Lily savait que Warren avait accepté un poste d'enseignant à l'Université Howard tout comme Lily a été accepté à l'école supérieure à Chapel Hill, Caroline du Nord.

Le départ de Lily de la maison a provoqué une vague de sentiments doux-amers et ambivalents. Elle s'est blâmée pour le handicap de sa mère après que sa relation avec Warren ait été révélée. Mais d'un autre côté, elle méprisait l'hypocrisie de la société et de sa famille pour ne pas vraiment prendre soin du bien-être de leur fille, ne préservant que leur fierté et leurs préjugés. De telles absurdités, pensait-elle.

Voilà pour proclamer que tous les hommes sont créés égaux. En ce qui me concerne, ce ne sont que des ordures »,pensait-elle.

Ses années d'études supérieures à Chapel Hill ont gardé son esprit occupé et Lily a accepté le défi car il l'a aidée à faire face à son angoisse personnelle sur son amour interdit.

Pour rester saine d'esprit, Lily s'est concentrée sur ses obligations familiales et ses études. Elle a terminé ses études supérieures avec brio; prêt à lancer une carrière lucrative par écrit.

Sauf pour obtenir un emploi en tant que journaliste pour le journal local, plusieurs années roulé par sans incident, comme Lily est resté concentré sur sa carrière, en essayant de mettre le passé derrière elle que ses bons souvenirs de Warren causé beaucoup de tristesse.

Une fois, Lily a appris que Warren donnerait des conférences à l'UNC-Chapel Hill. Elle a fait un point d'assister à la conférence secrètement. C'était une occasion qu'elle ne pouvait ignorer. Elle sentait qu'après beaucoup de temps, la société avait pardonné ses maux sociaux d'hier, mais elle n'avait pas oublié.

Comme les lumières s'assombrissaient dans la salle de conférence, quand elle a été en toute sécurité enfermé dans son siège se fondre dans le public, Lily haletait comme Warren est monté sur scène. Il était toujours aussi beau qu'elle se souvenait de lui. De son point de vue, elle était assez proche pour voir que quelques brins de gris accentués par les projecteurs avaient tissé à travers ses cheveux noirs épais et ondulés, mais elle était trop loin de lui pour évaluer à quel point il était heureux, si en effet il était heureux, c'est-à-dire.

Leurs brefs moments volés ensemble ont été gravés à jamais dans sa mémoire. À l'intérieur de leur corps vieillissant, leurs cœurs sont restés toujours jeunes. À un moment donné au cours de la conférence, Warren s'arrêta pendant que ses yeux scrutaient le public. Le cœur de Lily battait si violemment dans sa poitrine qu'elle jura que l'homme assis à côté d'elle pouvait l'entendre. Puis, comme dessinés par une force magnétique invisible, leurs yeux se rencontraient et s'enfermaient. C'est alors que leur amour a été scellé avec un seul regard pondéré qui portait plusieurs mots tacites d'amour.

Dès la fin de la conférence, Warren, entouré d'un essaim d'étudiants, de professeurs, d'admirateurs de son travail, se tenait au milieu de la foule en regardant Lily monter l'allée vers la sortie. Comme elle regarda en arrière, ils ont échangé un dernier regard devant la foule, désireux d'attirer l'attention de Warren, l'avala et il était impossible de le voir. Elle est sortie de la salle de conférence, satisfaite d'avoir un autre aperçu de lui, mais toujours triste néanmoins.

Lily a utilisé ses relations journalistiques pour découvrir ce que Warren avait fait. Elle avait entendu et lu qu'il est devenu un mathématicien célèbre qui enseignait encore à l'Université Howard et a souvent été invité à différents universités aux États-Unis et à l'étranger pour donner des conférences sur la théorie mathématique qu'il a fondée. À sa grande déception, Lily a constaté que Warren avait été heureux marié à une femme noire de Géorgie, un enseignant de l'école primaire qui lui a donné quatre beaux enfants. C'était une preuve incontestable qu'il était effectivement passé à autre chose alors qu'elle ne l'avait pas fait.

Quant à Lily, elle n'a jamais trouvé de correspondance convenable. Il semblait qu'après Warren, aucun autre homme ne ferait. Malgré son succès en tant que journaliste et tous les livres qu'elle a publiés et les endroits où elle a voyagé, la seule chose qui lui échappait n'a gardé sa tasse qu'à moitié pleine.

À leur décès, ses parents, peut-être accusés de culpabilité par l'incapacité de leur fille à retrouver l'amour, lui ont laissé un don très généreux : sa maison familiale. Il est devenu son refuge sûr, un endroit où elle pouvait écrire sans interruption, et enfin être son meilleur moi. La maison est devenue la source constante de joie de Lily, son projet d'animal de compagnie, un endroit qui l'a occupée bien dans ses dernières années comme elle a apprécié son succès en tant qu'une des auteures les plus notables de l'Amérique- tout à fait un exploit pour une femme du Sud qui était autrefois confinée aux attentes de la société de son pedigree.

La maison, et son Golden Retriever, Macy, est devenu ses compagnons de confiance comme elle a continué à verser son cœur sur le papier. Écrirait-elle un jour sur sa romance ? Seul le temps le disait. Mais pour l'instant, elle savait que peu importe ce que la vie avait, ses précieux souvenirs resteraient toujours là où ils appartenaient vraiment, dans son cœur.

Un jour, le destin est arrivé sous la forme d'une lettre, une réponse solitaire au désir de son cœur. Au fond de son corps d'âge moyen, son cœur de jeunesse battait en ouvrait l'enveloppe. Warren a écrit que sa femme était décédée il y a quelques années et que depuis leur brève rencontre à

Chapel Hill, depuis leur première rencontre, il s'est rendu compte qu'il n'avait jamais cessé de penser à elle.

Ma chère Lily:
Vous avez eu raison tout au long; J'aurais dû t'écouter. Je n'aurais pas dû me rétrécir dans la peur de ce que la soci été dictait et pendant que nous allions tous les deux dans nos chemins séparés, je veux que vous sachiez, je vous ai toujours porté dans mon cœur.
Je vais être dans ta ville pour donner une conférence. Je voudrais vous voir; c'est-à-dire, si vous voulez toujours m'avoir.
Éternellement à toi, Warren.

Son cœur a commencé à battre plus vite que ses mains et ses pieds torrédaient. Comme elle a vu deux oiseaux perchés côte à côte sur une branche d'un arbre gazouillant joyeusement, elle a vu au-delà de son passé à cc qui attendait et sourit.

# 3

## Grand-père

## Sunday Shakespeare Scholars

Par un dimanche paresseux, malgré un écran de brouillard, la journée est restée froide et croquante alors que le soleil commettait à sourire sur la terre. Amrita était assise à l'extérieur sur sa terrasse d'arrière-cour en appréciant la nature avec sa vue et ses sens.

Dame Nature avait taquiné et raillé la terre sèche pendant un certain temps. C'était l'hiver dans le nord de la Californie et il y avait des nuages dans le ciel, mais aucune pluie n'était tombée. Néanmoins, un sentiment de calme profond a éclipsé l'agitation de la terre et des gens.

Une douce brise agita les carillons du vent suspendus parmi les dernières feuilles sur un arbre de persimmon. Elle regardait un groupe de colombes atterrir sur son pont, certains d'entre eux flottant autour, lui donnant un regard étrange.

— Oh, se rendit-elle compte, j'oubliais de leur mettre des graines. Cela a suscité un souvenir vif. Bientôt, elle a été enveloppée par une vision de l'époque où elle était en huitième année. Tous les dimanches, elle nourrissait les pigeons dans l'arrière-cour de sa maison d'enfance à Calcutta. Et, tous les deux dimanches matins, Amrita se rendait chez ses grands-parents maternels où son grand-père offrirait des tutoriels aux étudiants qui se rendront en anglais.

Connaissant le grand intérêt d'Amrita pour la littérature anglaise, son grand-père a dit à sa mère qu'elle pouvait assister au tutoriel. Cela donnerait également à Amrita une chance visiter fréquemment ses grands-parents, dont elle était extrêmement proche.

Alors que pour des raisons pratiques, Amrita a été encouragée par ses parents à poursuivre des études et une carrière scientifique (ce qu'elle finirait par faire), son premier amour était la littérature classique. Ses grands-parents savaient cela et la raison derrière cela. La mère d'Amrita, qui était écrivain et rédactrice en chef d'un journal, a invité des écrivains et des poètes locaux à se réunir quatre fois par an chez eux. À chaque rassemblement, il y avait un concours entre les élèves sur le nombre de classiques qu'ils avaient lus et la quantité de poésie qu'ils pouvaient réciter. Cela a toujours inspiré Amrita.

Alors que le tutoriel devait commencer à dix heures du matin et devait durer deux heures, il prenait généralement plus de temps car les élèves de grand-père étaient très enthousiastes, avaient de nombreuses questions et étaient catégoriques pour affirmer leurs points de vue.

Après le petit déjeuner, Amrita était prête à partir pendant que sa mère disait: «Bois ton verre de lait et prends l'argent que je t'ai proposé. Et vous ne marchez pas là-bas cette fois, jeune femme.

«Marcher c'est bien et j'aime marcher», objecta Amrita.

«Je sais, mais ça te fatigue et il y a des projets à faire pour l'école», a répondu sa mère.

Sa mère ignorait que la principale raison pour laquelle Amrita n'avait pas pris le bus était d'économiser de l'argent pour un petit garçon dont le père était un colporteur au bord de la route. Le garçon s'assoyait à côté de son père et se concentrait sur ses études, tandis que son père a vendu divers articles aux passants. Un livre en lambeaux emprunté était son compagnon constant.

Au retour de ses grands-parents, Amrita rendait souvent visite à cette jeune érudite. Un soir, Amrita l'a vu étudier au bord de la route sous les lampadaires, entouré d'une cacophonie de bruits provenant de bus et de voitures qui passaient. Le reflux et le flux des piétons bavardage ne pouvait pas le distraire.

« Pourquoi étudiez-vous ici? » Amrita demandé.

— Ma mère travaille aussi, alors je ne veux pas être seule à la maison, répondit le garçon.

« Comment allez-vous autrement? »

— Très bien, répondit le garçon. « J'apprends cette poésie par cœur parce que je vais la réciter à l'école. »

« C'est agréable à entendre », a déclaré Amrita, fière de cet étudiant motivé. Amrita lui remettait deux semaines d'économie de son billet d'autobus à son père et disait : « S'il vous plaît, acceptez mon petit cadeau et achetez quelque chose, tout ce que vous estimez nécessaire pour lui. »

— Merci, j'achèterai le livre dont il a besoin, dit le père du garçon. Les yeux noirs brillants du petit garçon brillaient comme des bougies jumelles par une nuit sombre.

Amrita a dû se dépêcher, alors elle a commencé à courir, sauter et quand elle était fatiguée, elle marchait vite jusqu'à ce qu'elle arrive à la maison de grand-père, situé dans un coin confortable et calme de la partie sud de Calcutta. Amrita s'est toujours sentie chez elle dans ce chalet avec ses arbres abritants et ses plantes à fleurs. L'arrière-cour se vantait du jardin de grand-père d'un côté avec des roses parfumées identifiées par les badges. l'autre coin du jardin en vedette légumes de grand-mère et des herbes.

La chambre où les tutoriels ont eu lieu avait de larges portes et fenêtres, qui ont été ouverts à l'arrière-cour, La plupart du temps il y avait des tubéreurs blancs parfumés dans un long vase mince. Il y avait un tapis avec un design complexe et des nattes rembourrées sur le sol pour s'asseoir, ce qui a prêté un air de confort à la chambre. Chaque élève avait un bureau en bois poli qui présentait des rainures sur le bureau pour tenir un stylo et un crayon.

Les élèves s'asseyaient en position lotus avec les bureaux à portée de main pour un accès facile.

Il y avait un tableau noir sur un mur de la chambre, mais l'attraction principale étaient les grandes bibliothèques remplies de livres. Dans leurs étagères se trouvait une série de drames de Shakespeare liés au cuir : Macbeth, Othello, Marchand de Venise, tous publiés par Yale University Press. La sélection de livres de poésie liés en cuir couleur chocolat présentait des titres gravés dans des lettrages plaqués or, y compris les œuvres de Wordsworth, Shelley, Keats, Browning, Tennyson et une foule d'autres poètes notables. Les livres classiques de Bankim Chandra et Sarat Chandra, célèbres écrivains indiens, se sont joints aux sélections de poèmes et de nouvelles de Rabindranath Tagore. Des photos de Shakespeare, Shelley et Tagore ornaient les murs.

Alors que les élèves s'installaient dans leurs sièges, Amrita est allée directement à l'intérieur pour donner un gros câlin à ses grands-parents, puis elle était prête pour la classe. Les séances ont toujours été intrigantes et intellectuellement stimulantes. Certains jours, il y aurait des sélections de poésie, mettant en vedette les favoris d'Amrita y compris Tennyson, Wordsworth, Shelley et Keats. Mieux encore, elle aimait écouter la récitation de son grand-père des divers poèmes.

Grand-père, qui mesurait cinq pieds dix pouces avec une peau couleur olive, un nez pointu et des yeux noirs très brillants, portait toujours un manteau prince noir et un pantalon gris. Lorsqu'il entrait, sa présence égayait la pièce. Grand-père venait d'une famille d'éducateurs. L'arrière-grand-père d'Amrita était un érudit sanscrit qui enseignait le programme d'études supérieures à l'Université de Calcutta. Le frère aîné de grand-père était chef du département d'anglais dans un collège du sud de Calcutta, tandis que pendant de nombreuses années, grand-père avait été professeur d'anglais au collège de l'église écossaise situé au nord de Calcutta.

Amrita était assise devant et les étudiants la gâtaient avec affection et louanges. Grand-père récitait Tennyson et la «Rhyme of the Ancient Mariner» de Coleridge. Elle adorait entendre le mot «albatros». Amrita imaginerait un gros oiseau et un bateau naviguant le long de la mer d'un bleu profond. Amrita et tous les étudiants étaient fascinés par les drames de Shakespeare et chaque semestre, ils choisissaient une pièce particulière à jouer. Un des étudiants a levé la main.

"Oui, Kiran, vous avez une question?" Grand-père a demandé.

« Monsieur, je veux juste connaître la mécanique et le défi technique de Shakespeare Walla. »

« Eh bien, Mrinal et Bimal sont très bien versés avec elle afin qu'ils puissent vous l'expliquer », a suggéré grand-père.

Parmi les étudiants, il y avait peu de gens qui allaient à des cours d'art dramatique professionnels et étaient membres d'une compagnie appelée « Shakespeare Walla », ce qui signifiait ceux qui vendaient le drame de Shakespeare. Dans ce groupe, les membres se rendaient dans les petites villes des régions éloignées du pays et metteur en scène une pièce particulière de Shakespeare.

« Nous organisons « Le Marchand de Venise » à Bongaon », a déclaré Barun, l'un des acteurs étudiants. Bongaon, Amrita savait, était une ville à environ une centaine de kilomètres de Kolkata situé à la frontière de l'est du Pakistan, actuellement connu sous le nom de Bangladesh. « Vous êtes les bienvenus pour venir nous rejoindre. Le groupe de théâtre nous y a invités, et le maire de la ville a montré beaucoup d'intérêt.

— Merci, dit Amrita. « Je serais très intéressé, mais je vais devoir demander la permission de mes parents. »

— Bien sûr, répondit Barun. Il a continué ses questions.
« Monsieur, quand a été écrit « Le Marchand de Venise »?

« À ma connaissance, il a été écrit entre 1594 et 1598
», a répondu grand-père. Fascinée par les réponses de
son grand-père à toutes les questions des élèves, Amrita
écrivait toutes les réponses.

« Pendant ce temps, poursuit grand-père, l'écrivain
bien connu Francis Meyers publia son Palladis Tamia où,
contrairement aux poètes anglais classiques, il mentionne
Shakespeare comme un dramaturge contemporain de
premier plan. »

« Monsieur, y a-t-il une source pour cette pièce ou
est-ce l'invention complètement nouvelle de William
Shakespeare ? » demanda Subrata, l'un des acteurs du
Marchand de Venise.

« La source principale est probablement une œuvre
italienne, Il Pecorone, écrit en 1378 par Giovanni Florentino
et publié en 1565, répondit grand-père. « L'Angleterre
connaissait un grand nombre de traductions vernaculaires
de l'italien; il est probable que Shakespeare en ait eu accès
à un dans ce cas.

Après deux heures et demie de discours intellectuel,
grand-père la regardait et annonçait : « Didimoni, il est
temps de faire une pause ! » ('Didimoni' était le surnom
spécial de grand-père pour Amitra.) C'était l'indication que
la nourriture délicieuse serait bientôt offerte. Les menus
seraient différents tous les dimanches et Amrita attendait
avec impatience que grand-père récite ce que grand-mère
avait fait. Un dimanche typique serait caractéristique
chapati, ou  parantha, avec curry de légumes avec des
poischou-fleur et de pommes de terre. Des poissons frits
trempés dans de la pâte ou de l'échope de crevettes seraient
également offerts. Les fruits seraient tranchés, réfrigérés
avec de la mangue, et le dessert en vedette riz au lait,  ou
Rasha Malais.

Amrita aimait bavarder avec ses grands-parents comme elle dévorait la nourriture délicieuse. La conversation se concentrerait sur l'école, les amis ou toutes les réalisations qu'elle avait cette semaine-là. Grand-mère et grand-père étaient très heureux quand Amrita a mentionné qu'elle voulait prendre de la nourriture chaude qu'ils avaient pour leur déjeuner pour le petit garçon qui a étudié aux côtés de son père.

Les yeux de grand-père brillaient de joie. « Didimoni, il est très gracieux de vous de donner ce que vous pouvez. »

— S'il vous plaît, faites-le humblement, vous ne donnez pas seulement, mais vous recevez aussi, dit la grand-mère d'Amrita, qui mesure cinq pieds trois pouces et qui avait l'habitude de mettre un bindi vermillion rouge au milieu de son front. Son visage rond brillait comme le soleil du matin. Elle ornait ses saris blancs bordés lumineux de bijoux en or qui rehaussaient sa beauté. Ses longs cheveux noirs étaient cachés dans un chignon complétant sa tenue traditionnelle.

Un jour particulier après un tutoriel, Amrita a demandé à grand-père de partager une histoire sur le temps qu'il a été mis en prison par le régime britannique parce qu'ils ont supposé qu'il était le chef d'un mouvement étudiant révolutionnaire. Le mouvement étudiant qui se déroule à l'époque était contre le Raj britannique, avant l'indépendance de l'Inde a eu lieu de 1944 à 1947. Les élèves se sont rebellés contre les Britanniques et ont attaqué un juge de district à la périphérie de Calcutta où grand-père enseignait l'anglais à l'école de district.

« La nuit était sombre et très calme, commença grand-père, car les enfants étaient absents avec leurs grands-parents. Soudain, il y avait le bruit des bottes de marche et un bruit terrible comme si quelqu'un creusait à la cour. Il y avait des projecteurs se déplaçant autour de la maison donnant un sentiment étrange d'effroi. J'ai vu que la maison était entourée d'hommes armés en uniforme. Un homme est venu et a frappé à la porte. D'autres ont commencé à taper sur le Windows. Ils criaient: « Ouvrez la porte et sortir les mains en l'air! "

Il a raconté que grand-mère et lui sont sortis lentement les mains en l'état.

« Puis ils ont mis des chaînes sur mes pieds et autour de ma taille et m'a arrêté, dit-il, puis ils ont annoncé que j'avais des armes cachées sous terre et a montré des fusils qui ne m'appartenaient jamais. »

Grand-père a expliqué que pendant qu'il était sous le choc de l'accusation, sa femme a crié:

« Ceux qui ne nous appartiennent pas!

» Mais les hommes ont crié en arrière:

« Tais-toi ou nous allons mettre des chaînes sur vous, aussi. » Les hommes sont ensuite entrés dans la maison et ont tout démonté sans mandat de perquisition.

« C'était étrangement calme après que ces hommes ont traîné grand-père à leur camionnette », a déclaré grand-mère qui a ajouté son souvenir de l'incident. « Je pensais que je faisais un mauvais rêve. Mais c'était un cauchemar.

Finalement, grand-père a été libéré.

— Je n'ai pas abandonné, dit grand-père. « Au début, j'ai emprunté de l'argent pendant que le gouvernement britannique gelait tout l'argent de notre banque. Peu à peu, j'ai commencé à gagner de l'argent en enseignant aux étudiants en privé.

« Est-ce que ces gens sont revenus pour vous harceler? » Amrita demandé.

« Oui, ils l'ont fait. Ils ont posé toutes sortes de questions et les services secrets me suivaient le soir, même si je ne fais que faire l'épicerie.

Amrita était submergée d'émotion.

— La liberté n'est pas libre, dit grand-père.

« Notre génération a traversé beaucoup de difficultés et

s'est battue pour votre liberté et la liberté des générations futures », a ajouté grand-mère.

Le murmure bercé des branches d'arbres à l'extérieur de la fenêtre a été soudainement interrompu par le bruit grossier et dissonant d'une moto rugissant à travers le quartier. L'écho du passé s'est soudainement dissipé et Amrita a eu l'impression de se réveiller d'un rêve. À contrecœur, Amrita revint au présent.

Une douce brise souffla à travers les feuilles stériles, comme le soleil a commencé à se déplacer vers l'ouest. Les carillons du vent ont lentement commencé son air. Les petits oiseaux sautaient et un écureuil sautait d'une branche à l'autre. Les nuages ont navigué à travers la brume sur le chemin du mont Diablo, la montagne majestueuse qu'Amrita a eu le plaisir de voir depuis le pont de sa cour.

Pendant un moment, au milieu des nuages moelleux qui longent l'horizon, elle crut voir les visages de ses grands-parents sur les nuages qui lui souriaient.

# 4

# Ode à Mysterium

La soirée d'été s'installa au moment même où les érables commetaient à bouger leurs membres et le bouleau avec son long tronc élancé, doucement balançant. Les geais bleus gazouillaient une longue conversation sur l'une des branches.

Deux écureuils ont soudainement cessé de sauter, il semblait qu'ils étaient sur le point de prendre leur retraite pour la journée. Lentement, l'ombre des ténèbres tomba sur les collines et les prairies. La douce touche de la brise fraîche m'a rappelé une histoire passée d'un endroit unique.

L'histoire était sur un lac dans l'Himalaya, situé à la partie nord, presque à la frontière de l'Inde et la Chine. Il y a longtemps, j'ai vu un diaporama sur ce lac appelé Manas Sarovar. L'eau de ce lac est bleu foncé comme un océan. Dans ce lac, les grands lotus bleus poussent, et nulle part ailleurs dans le monde pourriez-vous jamais trouver de si belles choses.

Le doux parfum des lotus vous porterait à une perspective différente où vous oublieriez tous vos soucis et angoisses de la vie quotidienne. Ces pensées et ces imaginations se glissant lentement sur moi. La grande lune rouge est apparue au-delà du mont Diablo. Les étoiles sont apparues une par une à l'horizon et la montagne diabolique, Diablo, s'est déplacée de plus en plus loin de ma vue jusqu'à ce qu'elle se tenait à une distance comme une ombre fantomatique.

Mes yeux étaient fatigués. J'ai vu des ombres brumeuses des arbres, qui ressemblaient à des figures enveloppées dans de la mousseline de soie blanche, se balançant avec leurs branches tendues, chuchotant, je me demande ce qui se passe? Est-ce que je rêve ? La montagne semble s'éloigner de ma vue.

J'ai entendu une voix faible, appelant mon nom de loin.

« Qui est-ce m'appeler? »

— Je suis votre ami, n'ayez pas peur, dit la voix.

« Pourquoi êtes-vous ici et pourquoi m'appelez-vous? »

« Je ne vous ai pas appelé. Je suis venue comme vous vouliez que je vienne, répondit une dame qui est soudainement apparue devant moi.

« C'est très étrange, je ne vous connais pas et ne vous a jamais vu alors comment pourrais-je vous demander de venir? »

La dame portait une longue robe orange, ses longs cheveux bruns touchant presque ses genoux. Elle était d'environ cinq pieds cinq pouces de hauteur avec la peau de couleur olive, et un nez pointu pointu. Ses grands yeux noisette brillaient.

Elle me semblait un peu familière, mais je ne pouvais pas imaginer pourquoi. Avait-elle l'air d'une peinture familière que j'ai vue quelque part ? Cela m'a dérangé pendant quelques instants et puis j'ai recommencé à parler.

« Mon nom est Pushpita. Quel est votre nom? J'ai demandé.

« Mon ami, vous n'avez pas besoin d'être dérangé par un nom. Tu n'as pas besoin de m'appeler quoi que ce soit. Je vous demande de me suivre car je vous emmènerai dans des endroits que vous n'avez jamais été et ne serait jamais atteindre sans moi, répondit la dame inconnue.

Avec un regard soupçonneux, je lui ai demandé:

« Pourquoi êtes-vous volontaire pour me prendre et pourquoi devrais-je y aller quand je ne sais même pas qui vous êtes? »

— Ma chère, vous vouliez aller quelque part pendant longtemps et voir des terres lointaines de vos propres yeux, souvenez-vous ? répondit la dame.

« De quoi parlez-vous? » Je lui ai demandé.

— Oh ma chère Pushpita, vous le découvrirez, répondit la dame en souriant.

Une énergie invisible me poussait vers l'avant. Je pouvais voir que je n'avais pas d'autre choix que de la suivre. Il est très tôt le matin. Il y avait de la lumière à l'horizon est et j'ai deviné que le soleil se lèverait bientôt. Le chemin que nous avons pris était liquidation de la montagne, de chaque côté il y avait de grands pins et arbustes. En bas, une rivière coulait occupé à travers les rochers et les rochers. Un troupeau d'oiseaux survola et brisa le silence.   À distance, j'ai vu les rhododendrons en fleurs colorer le paysage en rouge. Nous avons passé un ruisseau murmurant, qui a glissé à travers les rochers. Nous avons tous les deux escaladé un terrain assez escarpé. Autour de nous, il y avait des chaînes de sommets couverts de neige. On pouvait entendre une vibration d'origine inconnue, qui résonnait à travers les montagnes. J'ai été ému par la paix et la tranquillité. Le temps s'est arrêté, car j'ai été complètement absorbé à ce moment-là.

— Ce sont les chaînes de l'Himalaya, dit la dame.

Scriabine était affectueusement connu, a vécu de 1871 à 1915. Il voulait jouer sa musique en Inde.

La dame hocha la tête. « Oui, il est vrai qu'il voulait jouer surtout ici. »

Mon sang a commencé à bouillir. Qu'est-ce que cette femme faisait allusion ? « Êtes-vous plaisanter? Pensez-vous que je suis un imbécile?

La femme soupira. « Ne vous fâchez pas. Détends-toi.

66

Je sais que vous êtes très intéressé par la musique de Sasha et aussi fasciné de connaître sa vie et ont des questions sur son intention de se produire en Inde, où vous êtes né.

J'étais curieux de connaître le lien de la dame avec Scriabine. « Le connaissiez-vous personnellement? Etiez-vous lié à lui ? Vous l'adressez par son nom d'animal de compagnie comme si vous étiez proche de lui. J'ai donné un regard curieux.

Comme la brise fraîche soufflait à travers les longs cheveux bruns de la dame, elle a disposé ses mèches loin de son front et a répondu avec un sourire: « Ah, mais ma chère, vous le découvrirez assez tôt. Dites-moi, Pushpita, que pensez-vous de ma Sasha?

Hmmm, c'est tout. Je me méfiais beaucoup de son ton. Qu'est-ce qu'elle voulait dire par sa Sasha ? Je me demandais pourquoi elle répétait sans cesse le nom d'animal de compagnie de Scriabine et s'adressait affectueusement à lui comme « Sasha » comme si elle était sa mère.

L'idée que ce personnage pourrait être la mère de Scriabine m'est venue à l'esprit et m'a frappé comme la foudre. Je me sentais nerveux et perplexe, puis j'ai essayé de me composer.

Quand j'étais prêt à lui parler, je l'ai regardé droit dans les yeux et dit: « Mon opinion de Maestro Scriabine découle de l'impression des gens autour lui à ce moment-là et plus tard quand les gens ont commenté sur lui et ses compositions musicales. J'ai soupiré. C'était un défi de répondre brièvement à la question de la dame.

« Voici mon point de vue sur Alexandre Scriabine: il était un compositeur russe controversé, l'un des pionniers visionnaires qui ont cherché un nouveau langage musical, une décennie complète avant les progrès de Stravinsky et Schoenberg, dis-je, en regardant loin dans l'horizon devant la dame qui me regardait curieusement.

Elle se tenait tranquillement en m'observant alors que je

partageais davantage mes impressions sur le compositeur russe qui cherche un moyen d'exprimer, par le son, les idéaux mystiques et théosophiques qui l'obsédaient. Pour moi, Scriabine était pianiste, compositeur, théosophiste, philosophe, poète et mystique. L'aspect mystique de lui me fascinait particulièrement comme je suis de l'Inde, terre des mystiques enchantés.

— C'est merveilleux que vous et votre génération avez tant réfléchi à la musique de ma Sasha, dit la dame. « J'ai l'impression que vous aimez sa musique. Il ne s'attendait pas à ce qu'il ait une telle suite énorme du genre de musique qu'il composait. Il vient de composer pour composer, son amour de la musique sonnant constamment mélodieusement tout le temps à l'intérieur de sa tête. La femme jeta un regard lointain.

Les pensées me sont venues à l'esprit. Au-delà des faits, comment semble-t-elle connaître « Sasha » si intimement ? Tu as passé beaucoup de temps avec lui ?

La question, que je me suis posée en silence, a dû échapper à mes lèvres en me regardant et en souriant tristement.

« Non, c'est pas le cas. Pas vraiment, dit-elle. « Il a eu beaucoup de chance qu'une tante l'accompagne tout le temps chaque fois qu'il en avait besoin. Mais il est vrai, ma chère, je l'ai regardé de loin quand il s'agitait avec la sonnerie de notes musicales dans sa tête et je l'ai en quelque sorte inspiré à continuer sa composition. La musique se déversait et prendrait forme sous diverses formes. La dame m'a regardé et elle a souri.

Je n'étais pas à l'aise avec toute l'énergie mystérieuse qui m'entourait. C'était étrange.

Soudain, il y avait le son de la performance.

La Symphonie – Le Poème Divin.

La performance s'est poursuivi avec le son du Poème de l'Extase.

Mais le Poème du Feu a commencé avec des lumières réfléchies comme le feu. Mon corps était engourdi; c'était un sentiment de peur, de tristesse et de joie en même temps que les couleurs de la flamme. Ce n'était pas réel et je le savais dans mon cœur, mais je ne voulais pas qu'il se termine.

À ce stade, depuis l'arrivée de la dame et son admission sur son lien mystérieux avec le grand compositeur, je me suis retrouvé à demander: « S'il vous plaît, chère dame, vous semblez l'avoir connu et le connaître encore, peut-être dans une vie passée et dans cette vie. Si c'est possible, martela mon cœur, puis-je le rencontrer ?

La dame a sac à main ses lèvres comme si elle gardait un secret précieux.

— Oui, vous pouvez non seulement le rencontrer, mais vous pouvez lui parler aussi, répondit la dame.

J'ai dû me pincer pour m'assurer que je n'imaginais pas tout ça. Il y a quelque temps, j'avais suivi un cours de littérature pour piano à Scriabine. J'ai trouvé qu'il était puissant que j'ai commencé à entendre ces morceaux, dont certains étaient courts; et comme les feuilles d'automne qui ont atterri en face de moi, vous venez de profiter de la beauté et les couleurs en même temps.

J'ai été submergé par l'émotion, comme mon cœur a commencé à battre plus vite avec joie et anticipation en même temps.

Oui, je pouvais voir le Maestro de loin. Menton fendue, nez renversé, yeux doux dans un large visage slave barbu couronné de cheveux bruns bronzés.

— Je vois l'homme lui-même, respira-t-il. « Le compositeur, pianiste, poète, mystique, théosophiste et philosophe, le seul et unique et dans la chair, pas moins. »

Je ne pensais pas que l'homme que j'approchais lentement était en fait une vraie créa ture de chair et de sang. Néanmoins, j'ai suivi ma mystérieuse compagne près de la figure, qui ressemblait à Scriabine pour moi.

Me regardant à travers les yeux cagoulés, il se tenait là, me concernant comme si j'étais un spécimen étrange. — Je sais que vous vouliez savoir pour moi et ma chère mère, dit Scriabine.

Je suis sûr qu'il a attrapé mon expression surprise et mon sourire idiot.

Le compositeur a tenu la main, nous gestulant de prendre place sur des chaises et des tables en peluche qui semblent apparaître de nulle part.

Scriabine inclina la tête, reposant sa joue droite sur son poing droit alors que son coude droit reposait sur une surface brillante d'une table ovale.

« Ma papasha, mon père, Nikolaï Alexandrovitch, après deux ans de vie à l'Université de Moscou, avait l'habitude de passer l'été dans le pays », a déclaré Scriabine.

Il a poursuivi en disant qu'en 1870, il était à Bernov à mi-chemin le long de la ligne de chemin de fer reliant Moscou et Pétersbourg.

« Il y avait là une autre attraction pour lui — une fille nommée Lyubov Petrovna — qui jouait du piano sérieusement », a dit Scriabine. « Papasha est tombée amoureuse. »

Il a poursuivi son récit familial en disant qu'il était tout à fait remarquable à l'époque de sa mère Lyubov et pour les femmes de sa génération d'atteindre le grand honneur d'être l'une des premières musiciennes de Russie. Elle est diplômée en 1867 du conservatoire de Saint-Pétersbourg avec mention, recueillant la Grande Médaille d'Or et le diplôme de l'Artiste Libre. Elle connaissait Anton Rubinstein comme « Petit Papa » et il a rendu la pareille avec un surnom intime « Petite Fille ». Son professeur de piano n'était rien de moins que Theodor Leschetizky, le pédagogue le plus loué d'Europe.

« Oui, Maestro, j'ai entendu dire qu'elle était une grande musicienne et pianiste à part entière, dis-je avec toute sincérité.

Il s'arrêta et regarda attentivement ma compagne.

« Je me demande si vous pourriez s'il vous plaît me parler d'un concert où elle a joué un programme complet alors qu'elle était enceinte de sept mois et les recettes ont été reversées à la construction de la première maison d'hébergement pour les jeunes délinquants, dis-je, les doigts entrelacés.

Maestro Scriabine éclata de rire.

J'étais très mal à l'aise; Je croyais avoir fait quelque chose de mal.

« Ne soyez pas impatient mon enfant. Je n'ai pas eu à la partie de l'histoire où elle se marie avec mon père d'abord. Il se grattait la barbe, un regard pensif et lointain dans ses yeux.

Poursuivant son histoire à l'automne de 1870, le compositeur relaia que Nikolaï et Lyubov se mariaient et qu'en octobre 1871, Lyubov était enceinte de sept mois lorsqu'elle joua un programme complet de la Sonate de Scarlatti, de la Ballade et de l'Etude de Chopin, des pièces de Leschetizky, Schumann, Wagner, Liszt, et joua à la fin un scherzo composé par elle. Inlassablement, Lyubov a joué un autre concert solo cinq jours avant la naissance de son bébé.

« J'ai pensé qu'il était assez imprudent pour Lyubov d'effectuer les pièces difficiles devant le public portant des vêtements de soirée resserrée avec un bébé sur le chemin », a déclaré Scriabine. « Ma papasha  et ma mère a dû atteindre

Moscou à temps pour le style patriarcal traditionnel de l'enfermement des parents à la maison.

Il a ajouté que le trajet ferroviaire était agité avec des arrêts sporadiques à toute heure du jour et de la nuit. Le froid s'est extrême à mesure qu'ils se rendaient plus au nord.

« Ma mère a attrapé un rhume et une toux de piratage », a déclaré le compositeur, sa voix devenant glum. « En fin de compte, ils sont arrivés à Moscou le 25 décembre. Elle était si malade qu'elle a dû être portée à l'étage de la chambre. « J'ai entendu cette triste histoire de ma tante, la sœur de mon père, Lyubov Alexandrova, qui s'est occuper de moi toute sa vie et ne s'est jamais mariée. »

Scriabine a dit que sa tante lui a dit que le jour de Noël, 1871 à Moscou était une célébration voyante et bruyante. L'église et les fêtards se pressaient dans les rues toute la journée, tombant sur des amis pour manger des petits gâteaux et des crêpes roulées. Les églises sonnaient des canons de cloches pour chacune des trois messes solennelles du jour de Noël.

Des coupoles dorées en plein soleil brillaient dans les toits avec des ampoules lumineuses clignotante. Les croûtes de neige sur les toits et les rebords de fenêtre crépitaient et claquaient au fur et à mesure que le soleil brillait régulièrement. Le froid glacial était sec, croquant et stimulant.

A l'intérieur de la maison Scriabine, l'angoisse des nuages a étouffé l'exubérance. Il n'y avait pas de musique que Noël, seulement l'attente silencieuse.

« Puis, à deux heures de l'après-midi du 25 décembre 1871, je suis né. »

La veille du Jour de l'An, le petit garçon a été baptisé Alexandre Nikolaïevitch Scriabine. La santé de son mère a grandi de jour en jour et dix jours après la naissance le médecin a découvert que ses poumons étaient gravement enflammés. Pour éviter la contagion, grand-mère Elisabeth a transféré le bébé et son infirmière dans sa chambre.

« Dans le journal de tante Lyubov, elle a déclaré « que la petite Shurinka est devenue notre propriété », at-il dit, secouant la tête tristement. On a dit que ma mère s'était améliorée pendant une courte période de temps. Les médecins ont finalement désespéré. Il a recommandé à mon père d'emmener ma mère, comme dernier espoir désespéré, en Europe où « le climat est miséricordieux ». Alors mon père l'a emmenée à Arco, une petite ville des Dolomites qui se trouve à l'un des bords du magnifique lac de Garde.

La respiration du compositeur est devenue si lourde qu'il a dû tenir le bras de la chaise pour obtenir du soutien avant de poursuivre son histoire.

« Malheureusement, rien n'a fonctionné et Lyubov Petrovna, ma mère la plus chère, est morte à l'âge de vingt-trois ans et elle y a été enterrée », a déclaré Scriabine.

Il a admis qu'il avait extrait d'autres faits du journal intime de sa tante Lyubov. « Elle a écrit exhortant mon père à retourner à Moscou seul et que sa dévotion à Shurinka a grandi », a déclaré Scriabine. « Ma tante Lyubov a dit que son amour pour son jeune neveu était si fort qu'elle a même oublié qu'elle était encore assez jeune pour avoir son propre enfant. »

Le compositeur ramassa un livre de la table. C'était le journal de sa tante Lyubov. Il ouvrit le journal et se dégagea la gorge, puis se lisait: « Chaque fois qu'une proposition de le mariage a été exprimé, je n'avais qu'à jeter un oeil à cet enfant pour réaliser que je serais séparé de lui. Je ne pouvais pas faire face à une telle solitude, aussi rose que puisse paraître l'avenir.

Comme Maestro Scriabine ferma le livre, il soupira. « Tout ce qui reste de ma mère, c'était une peinture à l'huile d'elle faite par son frère, mon oncle. Je ne me suis jamais séparer de ce tableau d'elle. Je garde cela près de moi.

Scriabine prit une grande respiration et regarda une distance. « Tout ce que vous voulez savoir, mon enfant? »

C'était à mon tour de soupirer. C'était tragique de perdre sa jeune mère talentueuse. « Oui, Maestro, pourquoi avez-vous décidé de venir en Inde pour faire vos débuts musicaux ? »

Scriabine avait l'air perdu dans la pensée. « Je suis heureux de vous dire pourquoi, mais il peut être très difficile pour vous d'entrer dans le domaine de ma compréhension. »

« Je ne comprends peut-être pas exactement et pleinement, mais je vais encore saisir l'essence de celui-ci que l'Inde est mon lieu de naissance, dit-je, dans l'espoir de le convaincre.

« Vous voyez mon esprit voyage des millions de miles, en quelques secondes. Donc, quand j'explique des choses, j'ai peut-être pas l'impression d'expliquer quelque chose », a-t-il dit. « Cette personne doit remplir les blancs, comme j'essaie de courir vite. Mais pour vous, je vais essayer de rendre les choses plus simples.

Je me suis assis sur le bord de mon siège, prêt à l'entendre rhapsodiser sur mon pays.

« L'Inde pour moi est une terre de sages, sadhus, magique, mystifiant réalisations et non pas la ruse des tours de corde et charmeurs de serpents seulement. Le parfum d'une fleur tropicale est tout ce que j'ai besoin de sentir pour oublier mon cadeau. Les fruits tropicaux salés pour me faire me rappeler ce que j'ai faim. Au pied de l'Himalaya, la neige modère la chaleur, le coucher du soleil et les aubes peuvent être incorporés dans l'action préfatory.

Le compositeur s'arrêta momentanément et me tua un regard curieux.

« Vous connaissez mon travail, « Mysterium »?

J'ai hoché la tête avec impatience. « Oui, j'ai entendu parler, Maestro. Vous vouliez explorer le sens de l'odorat et de l'ouïe.

Les yeux du Maestro s'illuminent passionnément. « Écoutez-moi mon enfant, il n'y aura pas un seul spectateur. Tous seront participants. L'œuvre requiert des artistes spéciaux, une culture complètement nouvelle. La distribution d'interprètes comprend un orchestre, un grand chœur mixte, des instruments avec des effets visuels, des danseurs, une procession, de l'encens, et rythmique texturale, articulation. La cathédrale dans laquelle elle aura lieu ne sera pas d'un seul type de pierre, mais changera continuellement avec l'atmosphère et le mouvement de Mysterium. Cela se fera à l'aide de brume et de lumière. Les cloches suspendues aux nuages, commenceront à sonner, le lever du soleil sera les préludes et les couchers de soleil seront des codas.

Il s'arrêta à nouveau et me regarda.

« Tout cela peut sembler si ésotérique, mais avez-vous eu quelque chose de ma déclaration? »

J'ai hoché la tête. « Maestro, je ne comprends peut-être pas totalement la myriade de nuances de votre génie, mais je viens d'un terre de mysticisme, un royaume où les mantras spéciaux et les rituels des gens apportent la pluie, les ragas musicaux peuvent créer le feu et parcourir une longue distance pour ramener les êtres proches perdus.

— Ah, vous voyez là, dit le Maestro. « Lorsque vous écoutez attentivement, vous ne trouverez pas un drame musical ou une présentation, mais une expérience directe où l'âme et la matière se sépareront sous haute tension induite par les vibrations de la musique. Les êtres humains seraient transfigurés en un océan infini et profond. Grâce à cette expérience musicale, nous serions tous plongés dans une autre époque, transportés dans un abîme extatique de soleil.

Au-delà de ses compositions, j'ai trouvé que les paroles du Maestro étaient de la musique à mes oreilles et que je partageais avec lui ce que je savais de son monde.

« Maestro, pendant longtemps musiciens et scientifiques ont essayé de trouver le lien entre la musique et la couleur, j'ai relayé. « Le physicien du XVIIe siècle Isaac Newton a essayé de résoudre le problème en supposant que les tons musicaux et de couleur ont des fréquences en commun. Selon Newton, la distribution de la lumière blanche dans un spectre de couleurs est analogue à la distribution musicale des tons dans une octave. Ainsi, il a identifié sept entités lumineuses discrètes, il les a ensuite assorties aux sept notes discrètes d'une octave. Que pense-t-on de cette théorie ?

Maestro m'a regardé dans ce que j'espérais être un signe qu'il était impressionné par mes connaissances. « Oui, je détecte votre enthousiasme par votre théorie que vous avez présenté. Mais je peux voir et percevoir les sens moi-même et je peux voir la couleur dans la note musicale, et c'est ma théorie que lorsque le correct la couleur est perçue avec un son correct, elle devient un puissant résonateur de l'auditeur. Il se grattait le menton barbu en rétrécissant les yeux : « Avez-vous entendu Prométhée, Poème de feu ?»

« J'en ai entendu parler, Maestro. »

« Vous devez comprendre que la musique et l'imagerie visuelle viennent très naturellement à moi, dit-il. « C'est pourquoi je veux jouer en Inde. Des cloches suspendues aux nuages dans le ciel convoquaient les spectateurs du monde entier. La représentation se déroulerait dans un demi-temple construit en Inde.

Scriabine exprima en outre son désir qu'une mare d'eau réfléchissante complète la divinité de l'étape du demi-cercle. Les sièges seront strictement classés classement radialement du centre à la scène, où le compositeur serait assis au piano, entouré par des hôtes d'instruments, chanteurs et danseurs. La chorégraphie comprendrait des regards, des regards et des mouvements oculaires et des touches de mouvements de la main, des odeurs de parfums agréables, de l'encens, et des effets d'éclairage en constante évolution imprègnerait le casting et le public.

« Je me prépare avec des exercices yogiques », a noté Scriabine avec bonheur. « L'Inde raviverait mon âme, éveillerait mes sentiments et augmenterait ma réceptivité. Je verrait le monde sous un angle différent. L'Inde contemporaine ne m'attire pas, mais je sais que je pourrais pousser toutes ces chances à ces sentiments et expériences réels que la véritable Inde exprime et incarne dans l'espace.

Le compositeur s'arrêta, me regardant attentivement. « Je crains que tout ce que je vous présente peut être assez écrasante. »

J'ai secoué la tête. « S'il vous plaît, Maestro, je m'accroche à chaque mot. Ne craignez pas que vous perdiez mon intérêt.

« Je dois admettre, c'est beaucoup à prendre, mais je pense qu'il devrait lentement imprégner, comme l'odeur du jasmin, dit-il. Puis il s'est tourné vers la femme qui a servi de guide.

— Je vois que cette charmante femme vous a guidé vers moi, dit Scriabine. « Compte tenu de tout ce que je vous ai dit jusqu'à présent, et de votre volonté d'être ouvert à toutes les possibilités magiques de ce royaume, seriez-vous si choqué d'apprendre qu'après tout ce temps, votre guide qui vous a cherché, connaissant votre intérêt pour moi et vous a amené ici, n'est autre que ma chère mère ? »

Les larmes ont commencé à bien dans mes yeux que je me suis tourné pour faire face à mon guide dame éthérée. « Oui, cher Maestro. Je le savais instinctivement. J'ai senti ce lien dans mon cœur.

Le compositeur hocha alors la tête, comme s'il était satisfait de ma réponse. « Comme elle et ma musique vous intéressent tellement, oui, j'avoue que malgré la perte physique de ma mère, j'ai toujours senti que sa figure spirituelle était toujours présente, me guidant toujours quand je m'agitais avec de la musique qui sonnait tout le temps dans ma tête, apparemment sans aucun sens. Mais, hélas, ma chère mère m'a bien appris. Elle a incarné le vrai sens de l'Ange Gardien.

Soudain, la figure de Scriabine m'apparut brumeuse, et bientôt je le voyais disparaître lentement sous un tas de nuages, agitant ses mains.

Je me sentais plus léger et j'ai vu que je flottais aussi.

Pour la dernière fois, j'ai essayé d'appeler le grand compositeur, lui relayant l'héritage qu'il lattait pour qu'il sache toujours qu'il a marqué le monde.

— Maestro, dis-je. « L'univers de Nemtin, un achèvement spéculatif du Mysterium de Scriabine, et votre septième sonate pour piano jouée par John Bell ont été enregistrés dans un CD et portés par deux personnes, Mark et Carlos, au sommet de l'un des plus beaux sommets de l'Himalaya. Ils ont risqué leur vie pour arriver à ce sommet sans nom et sans limites. Là, ils libèrent l'esprit de votre musique, au-dessus des nuages, et libèrent votre vision, votre énergie incroyable et votre créativité remarquable dans les vents majestueux du haut Himalaya... où vous vivrez éternellement.

Comme la figure de Scriabine se dissipe lentement, il agita une fois de plus, en provoqué les mots. « Je vous entends et je vous remercie...

Son dernier mot « vous » résonnait comme une ouverture a commencé à jouer d'un sommet à l'autre. Mon amie, la dame que j'ai suivie, a commencé à ressembler à une ombre, confirmant ce que je soupçonnais depuis le début, qu'elle était en effet la mère tout aussi talentueuse du grand compositeur russe qui a été prise trop tôt de ce royaume terrestre pour continuer à guider son fils à travers le royaume spirituel. Je porterai toujours l'esprit de Lyubov Petrova dans mon cœur et, à ce jour, je peux encore entendre sa voix, me guidant, comme elle a guidé son fils bien-aimé:

Votre esprit est comme un lac bleu clair et vos pensées sont l'énergie créative que vous pouvez créer de sorte que tout ce que vous voulez créer, vous avez le pouvoir de décider si elle est réelle ou non réelle. Peu importe ce que vous choisissez, le choix vous mènera au chemin de la réalité ou de l'autre côté de celui-ci. C'est la beauté de l'art. Et la créativité ne connaît pas de limites.

Alors que je levai les yeux vers les cieux, je m'inclinais avec révérence devant mon ange gardien créatif.

« Mère Lyubov, je suis étonnée par votre talent, ce que vous avez fait dans votre temps dans un si court laps de temps de votre vie dans notre monde terrestre. Je suis honoré et béni de vous connaître. Cependant, je n'ai qu'une seule question : pourquoi avez-vous mis tant de temps à être avec votre cher fils ? N'êtes-vous pas tous les deux dans la même dimension maintenant?

L'esprit de sa mère répondit avec un sourire alors que sa silhouette flottait au-dessus de moi, se dissipant lentement dans un doux nuage. « Cher enfant, j'ai toujours guidé mon fils de ma maison céleste », j'ai entendu sa voix distincte et claire. « Mais je voulais que Sasha sache de première main comment sa musique a affecté tous ceux qui aiment sa musique et apprécient ses talents, en particulier ceux qui s'intéressent à son mysticisme. C'est pourquoi je vous ai guidé vers lui pour vous montrer à quel point cette partie de sa musique flottait autour des sommets de la Himalaya , son rêve en partie réalisé, mais satisfaisant néanmoins.

Puis elle était l'une avec les nuages, sa robe orange étalée dans le ciel comme un coucher de soleil ambre ardent rougeoyant dans l'horizon occidental.

J'ai déplacé mes membres pour voir si j'étais vivant et je me suis retrouvé dans ma chambre. Tout cela n'avait-il été qu'un rêve ?

Par la fenêtre, je pouvais voir que le soleil brillait. Je pouvais entendre le faible bruit d'une des sonates pour piano de Scriabine me sérénade éveillé que les pins se baladaient avec une douce brise. Le mont Diablo regardait à travers les branches des arbres alors que les geais bleus s'affairent à gazouiller sur un bouleau. Les écureuils couraient vite pour cacher les noix. Les carillons du vent ont commencé à faire écho aux airs des hautes montagnes d'une terre lointaine et m'ont accueilli dans mon monde.

Il était temps d'embrasser un nouveau jour.

# 5

## La Muse Vigilante

Il y a plusieurs pins qui se tiennent là où mon pont de taille moyenne se termine et j'aime les regarder. Un en particulier, je pouvais atteindre et toucher. Cet arbre est grand, comme s'il pouvait toucher le ciel. La rosée matinale d'automne pend comme des perles, prêtes à tomber. Un petit oiseau saute d'une brindille à l'autre. Deux écureuils commencent à se chasser autour du tronc comme un autre se joint et me regarde avec une expression comme si je me demandais pourquoi je suis là. Comme des rayons brumeux de soleil tissent à travers les branches, regardant à travers les aiguilles denses, on peut voir le paysage brumeux comme le mont Diablo, la montagne du Diable, avec une teinte verdâtre regarde sa tête vallonnée. Une douce brise fraîche avec une odeur rafraîchissante de pin touche mon visage. C'est le genre de matin qui bénit mon rituel quotidien de méditation et de prière.

Après le rituel du matin, je m'assois à mon coin petit déjeuner avec mon petit cockatiel, Samrat, qui aime grignoter ses graines et son millet alors qu'il gazouille joyeusement ses bavardages incompréhensibles, qui ralentissent parfois avec une phrase birdie, « Aimez-vous! »Mes yeux scannent à travers la fenêtre pour trouver mon pin préféré. Le soleil est levant mais il fait encore brumeux et le pin a l'air mouillé avec la pluie d'hier soir. Il a l'air très beau, avec son tronc brun foncé humide et ses aiguilles vertes fraîches.

Le pin chuchote au chêne: « J'aime parler à la créature à deux pattes qui vit ici qui semble savoir que je garde constamment les yeux sur sa maison. Je pense qu'elle s'intéresse à moi.

« Bonjour, qu'est-ce qui se passe? Êtes-vous amoureux? demande le chêne. « Ce n'est pas possible simplement parce que nous sommes ce que nous sommes. »

« Je sais que nous sommes des arbres », claque le pin. « Je ne comprends pas. Nous sommes tous des êtres vivants. Mon amour pour la créature, l'humain est pur. Nous sommes des êtres avec des sens. Je sens la chaleur comme elle enveloppe ses bras autour de mon tronc et je peux sentir son parfum frais.

— Sans doute est-ce l'odeur du pin qui se frotte sur elle, dit le chêne. « Je vois qu'il y a quelque chose entre vous et elle. Il semble que vous avez oublié vos propres frères.

— Vous savez que je tiens à vous, mon cher chêne, dit le pin. « Nous avons grandi ensemble et vous serez toujours à mes côtés à travers les jours ensoleillés et les nuits orageux. Ça ne changera jamais. Nos frères sont connus pour durer des centaines, voire des milliers d'années.

Le pin continue de raconter comment les écureuils sautent de ses branches aux pins.

« Vous êtes chatouilleux lorsque vous riez et vous balancez et que les écureuils obtiennent le message et s'enfuissent », dit le chêne. « Ils mangent les pignons de pin de mon cône, puis se reposent sur mes branches qui est agréable. Les oiseaux arrivent à se percher sur vos branches et les miennes et comme ils chantent, leurs chansons remplissent l'air et puis, vous et moi fredonner des chansons avec le oiseaux comme d'autres arbres se joignent à nous avec leur musique qui compose la symphonie des arbres.

— Nous sommes grands ensemble pour la protéger, elle et sa maison, dit le pin. « C'est une sorte nourrissante de l'amour. »

Je descends l'autoroute après une longue jour née à l'hôpital pour enfants où je travaille. Le trajet tardif broie ma voiture à un rythme stop-and-go comme il se bat à travers les piles de voitures à travers le tunnel caldecott. Je respire facilement que la pensée de la maison et mon arrière-cour et le confort de mon pin préféré fait fondre ma tension.

Enfin, je suis à la maison. Le bruit de ma voiture, le bruit mécanique de déplacement de roue semble être la musique aux oreilles de mon oiseau et fait mon chipper oiseau avec joie. En ouvrez la cage, il saute sur mon épaule, picore joyeusement sur ma joue et commence son discours birdie, sa façon habituelle de me poser des questions sur ma journée.

J'ai mis la bouilloire pour faire bouillir l'eau pour le thé. Comme la bouilloire fait bouillir l'eau, mes yeux cherchent ce pin, mais les devoirs et les responsabilités abondent et je dois répondre aux besoins de mon birdie Samrat. En ce moment, le cockatiel avec ses ailes d'argent, plumes d'argent foncé et crête sur sa tête qui s'enflamme quand il est excité, a mon attention indivise.

C'est adorable comme il dit quelques mots comme « Je t'aime » et parfois « toot » qui je pense signifie « bon ».

Grignotant des morceaux de craquelin, Samrat crie « Night Night », et bientôt c'est son heure du coucher. Après l'avoir placé dans sa cage, je sors au patio, en sirotant la tasse de thé fumante, et je regarde l'arbre. Les écureuils sont calmes maintenant, certains grignotent mes feuilles d'hibiscus et certains sont couchés à plat sur leur ventre sur une branche. Les oiseaux sont rassemblés dans différentes branches se reposant et gazouillant avant d'aller à leurs propres espaces sacrés pour rentrer pendant la nuit.

Le chêne vivant se balance avec des feuilles à feuilles persistantes et je ne pense pas que j'imagine des choses quand l'arbre me chuchote.

« Pouvez-vous m'entendre? »

Stupéfait pendant quelques secondes, je regarde autour de moi. « Oui, je pense que je peux. »

« Saviez-vous que le grand pin vous adore? »

« Il le fait! Je l'aime beaucoup. »

« Je vais lui dire que vous vous sentez la même chose alors. »

« Attendez! J'admire l'arbre pour sa beauté.

Le chêne me regarda curieusement. « Êtes-vous sûr que ce n'est rien de plus? »

Je secoue la tête, ne sachant pas ce qui m'arrivait. Pourquoi je parle à un arbre ? Y at-il un certain type de magie en vigueur? « Je ne sais pas ce qui est réel ou non. »

« Oh venez maintenant! Vous, créatures à deux pattes, vous, les humains, êtes toujours problématiques , vous vautrer dans votre bulle d'auto-indulgence.

Je suis stupéfait. « Qu'est-ce que vous voulez dire? »

« Je veux dire plus que ce que j'ai dit. Essayez d'ouvrir les yeux sur le monde, il y a des sons, des couleurs et des sentiments qui sont tout autour de nous. Le monde ne tourne tout simplement pas autour de vous.

« S'il vous plaît ne m'appelez pas à deux pattes. Ce n'est pas gentil. Je m'appelle Maya. Je n'aime pas être mal compris ou jugé, même par une chose de la nature. « S'il vous plaît dites au pin que je souhaite avoir un mot avec lui. »

Le chêne se balance d'un côté, comme s'il m'ignorait. « Dis-lui toi-même. »

Le pin est grand, regardant vers le ciel comme s'il y avait quelques nouvelles de là qu'il s'attend à recevoir. Je commence à parler rapidement.

« Va-t-il pleuvoir à nouveau? Les branches de pin se balanceront-ils?

— Oui, murmure-t-il.

Hier soir, c'était si orageux que je me suis inquiété pour mon ami arboré. « J'ai vu que vous siffliez avec le vent et le carillon du vent était de concert avec vous. C'était comme une berceuse », dis-je. « J'avais peur que vous seriez blessé par la tempête. Je suis contente que tu a es bien. Vous êtes si courageux et fort que même une brindille n'a pas cassé. Vous êtes si gentil et donner à nous tous, fournissant un endroit pour les oiseaux de discuter et de se reposer, pour les écureuils de courir autour, leur donnant un endroit pour se reposer. Quant à moi, je vous suis reconnaissant d'avoir protégé ma maison du soleil et du vent.

Je crois que j'entends le chêne recommencer à chuchoter.

"Le soir, quand la lune sort à travers le nuage et le mont Diablo dort, vous devriez sortir et chuchoter un air. Dans ce moment paisible, vous entendrez sa voix de basse », a déclaré le chêne.

« Alors, comment puis-je dire qui est-ce la voix? » J'ai demandé.

« La mienne est aiguë et la voix du pin est paisible et méditative, voire solennelle. »

Pour une raison quelconque, l'humeur est soudainement devenue solennelle pour des raisons au-delà de ma compréhension.

*Je dois partir. Je reviendrai dans la soirée. Je veux être avec toi quand la lune se lèvera et encore avant de prendre ma retraite.* Ce sont les mots que j'ai l'désir de partager avec mon ami arboré. Mais, hélas, ce sont des mots que je garde pour moi.

Le ciel du soir est rougeâtre, ce qui donne une lune rouge. Je vois à travers les branches de l'arbre, comme la lune joue à cache-cache. La dispersion au clair de lune sur le pin le rend très rêveur. Je me souviens des événements de la journée et je crois que mes rituels de la vie quotidienne et ma muse ont fusionné et fusionné. Je ne peux pas les séparer car la muse est aussi mon rituel, et je dois être avec elle rituellement, pour m'inspirer et soulager ma routine fatigante de la vie.

La lune sort des nuages, brillant joyeusement au-dessus du pin.

Je suis à nouveau dans mon patio. L'arbre semble majestueux comme le clair de lune brosse le pin avec gris argenté.

« Quelque chose me dit que vous voulez parler », dis-je au pin, qui se balance comme je sens une vibration.

Soudain, j'entends un bourdonnement, puis une voix profonde comme si elle venait de la profondeur de l'océan. C'est la voix de baryton du pin.

— Oui, répond le pin, calmement et un instant, il me considère presque comme si lui et moi sommes égaux. « Il y a un certain nombre de choses que je veux parler avec vous. Tout d'abord, je tiens à vous remercier pour votre amour pour nous, je veux dire notre genre.

« Bien sûr, sans « votre espèce », nous ne survivrions pas, dis-je.

Le pin se balance. « Certains humains ne comprennent pas que ce qu'ils font, abattre les arbres et construire et construire de plus grands manoirs, qu'ils en ont besoin ou non, c'est détruire non seulement nos frères, mais aussi la planète. »

Le pin continue sa diatribe. « Les humains continuent de remplir toutes les collines et les prairies de maisons et de structures carrées hideuses en boîte de grands quartiers. C'est répugnant.

« Je comprends votre frustration, mais les gens ont besoin d'endroits où vivre », soupire-t-il.

Le pin déplace soudainement fortement ses branches. Je sens l'agitation de l'arbre.

« Cela ne signifie pas que vous coupez toutes les forêts autour et construire des boîtes carrées qui finissent parfois vide que les gens ne peuvent pas se permettre d'y rester », crache-t-il. « Les plantes, les animaux et les humains des arbres bénéficient les uns des autres. Lorsque les humains et les animaux respirent, ils prennent de l'oxygène et libèrent du dioxyde de carbone. Ce dioxyde de carbone est pris par les plantes et l'oxygène est libéré en présence de lumière du soleil sous forme de photosynthèse pendant la journée. Donc vous voyez, nous avons besoin l'un de l'autre. Vous comprenez peut-être, mais beaucoup d'humains n'ont aucun respect pour notre espèce et pensent qu'ils peuvent faire tout ce qu'ils veulent.

« Expliquez-moi ce qu'ils vous font », dis-je en touchant doucement l'une des branches.

Le pin se raidit de mon toucher et je ne peux pas dire exactement comment il est affecté et de quelle manière. Il semble bien conscient de certaines personnes qui prétendent être des étreintes d'arbres. J'ai été l'un d'entre eux.

« En plus de couper mes frères, les humains aiment s'accrocher à des branches et les briser parfois. Il est essentiel de garder les branches intactes, si vous les brisez sans les sceller, nous sommes enclins à acquérir une sorte de maladie. Comme les humains, nous sommes des créatures vivantes; il fait mal et nous avons aussi le genre de cœur qui se passe mal de ces abus. Nous avons des sentiments qui voyagent sur tout notre corps comme si vous avez des nerfs qui voyagent à travers votre corps avec vos sentiments et vos signaux.

Le pin s'arrête et je peux sentir la triste vibration que ses branches s'affaissent.

« Il y a quelques jours, un couple a été engagé dans une étreinte romantique, puis tout à coup quelque chose s'est mal passé et avant que je le sache, ils ont commencé à frapper mon coffre avec leurs sacs à dos lourds, causé des bosselures dans mon coffre et briser une branche pour libérer leur colère. »

Je suis consterné par la cruauté que mon « propre genre » peut infliger. « Je suis désolé qu'ils vous ont fait cela. Tous les gens ne sont pas pleinement conscients du mal qu'ils causent aux autres êtres vivants.

« Oui, j'ai rencontré un autre couple et ils étaient gentils comme je les ai entendus penser à avoir un arbre comme moi quelque part dans leur cour quand ils s'installent. »

« Alors maintenant, vous voyez à quel point notre peuple peut être compatissant parfois », dis-je à l'arbre.

L'arbre est silencieux, ce qui, je l'espère, signifie qu'il est satisfait de mon commentaire.

« Voulez-vous me parler quand je me sens seul? » Je te le demande. « Il me rend heureux et paisible quand vous et le chêne me tenir compagnie. »

« Oui, dit le pin, les autres arbres aiment aussi quand on sort pour les reconnaître. »

« Je sais que vous les entendrez comme vous voulez percevoir tous les sens qui vous en sont autour », poursuit l'arbre. « Vous comprenez ce que cela signifie d'être l'un des nous.

Une douce brise fait balancer les branches de pin.

— Oui, je vais essayer de le faire, assure-t-on au pin. « Vous vous tenez si grand que si vous touchez le ciel pendant la journée et la nuit, je vois quand la lune sort ludique à travers les nuages. Aimez-vous jouer 'Peek-a-Boo' avec la lune?

« Oui, j'aime la compagnie de la lune la nuit », répond le pin. C'est paisible de s'amuser à nous deux.

« Pouvez-vous voir des terres lointaines de votre point de vue? »

« Je vois tout ce que je pouvais voir être grand, mais nous obtenons des nouvelles de terres lointaines. »

« Qui l'apporte? »

« Pourquoi, le vent, bien sûr. »

Je lève les sourcils avec surprise.

« Oui, les nouvelles voyagent comme une brise douce à certains moments et d'autres fois comme tempête en colère », ajoute le pin. « Les nouvelles sont parfois tristes, comme les rapports sur la déforestation, et parfois, c'est joyeux. »

« Dans quelle mesure le vent est-il réceptif et comment communiquez-vous ? » Je sais que le pin me fait confiance alors qu'il continue de partager ses connaissances sur l'univers caché, caché aux êtres humains, c'est-à-dire.

« Il faut sentir la vibration de l'univers pour être réceptif à la communication avec d'autres formes de nature », explique le pin, ses branches se déplaçant. « Les forêts jouent un rôle plus important dans la détermination des précipitations. La déforestation a déjà considérablement réduit le flux de vapeur, ce qui a réduit les précipitations.

« Je suis heureux que les gens connaissent ces choses », remarque-t-il. « Mon père partageait ces connaissances avec moi quand j'étais jeune, mais personne ne payait toute attention, sauf moi. Il m'a aussi dit que vous respiriez du dioxyde de carbone la nuit.

« Oui, il a raison. En présence de la lumière du soleil, nous faisons de la nourriture pour notre corps par photosynthèse. Le processus a besoin de dioxyde de carbone, mais la nuit qui est arrêté. Donc, la nuit, nous inhalons de l'oxygène pour la respiration, et le dioxyde de carbone est un produit par produit que nous expirons la nuit.

« C'est tellement intéressant de vous parler »,

s'émerveille-t-on à l'arbre. « Ta voix est si profonde, comme l'océan, et elle m'endormit. »

« Alors ma chère, tu dois aller te coucher », dit-il. « Je me reposera aussi et me lèvera demain quand le soleil étendra son alchimie au ciel oriental. Bonne nuit. Doux rêves.

Je me demande quel est cet amour pur, une entité abstraite, éternelle, primitive, éternelle? L'amour n'est pas limité seulement entre les êtres humains. L'amour est vaste et inclusif, une énergie qui lie toutes les formes de l'univers. C'est alors que je me rends compte que ma muse n'est pas seulement mon pin bien-aimé, mais aussi son ami chêne, le vent puissant et toutes les forces de la nature. La muse dynamise mes pensées du matin et réalise mes rêves du soir.

Les branches du pin se balancent. La lune rêveuse regarde à travers les nuages, et au loin, le mont Diablo, cette montagne du Diable rusée, se moque de moi, taquiner comme je prononce des mots éternels de sérénité.

Le carillon du vent chante tandis que la douce brise à travers ma muse m'envoie dans une terre au-delà d'une terre, la terre de mes rêves.

# 6

## L'évasion audacieuse

Une aube de 1606 cédait lentement la place à un matin matinal en été. Le premier baiser du jour du soleil a imprégné une teinte rouge sur l'Université de Padoue en Italie.

Les bâtiments de style classique étaient majestueux le long de la rivière Bacchigione et Brenta. Le reflet du soleil précoce sur l'eau bleue fragmentée en morceaux, puis fusionné loin avec des ondulations de danse. Le ciel bleu brillait doucement sur les toits carrelés de rouge où quelques mouettes se rassemblaient. Le long du front de mer bleu, d'élégantes statues de marbre blanc saluaient les passants.

Padoue, la célèbre université, centre des premières recherches humanistes, était alors sous domination vénitienne. Du côté triangulaire de la place, cinq jeunes hommes fougueux attendaient leur professeur qui les emmenait dans les environs de Padoue et de Venise. Parmi les cinq, deux venaient d'Angleterre et trois autres étaient italiens. C'est ainsi qu'il a été regroupé, pour encourager un échange de leurs cultures et opinions et pour développer une amitié unique entre eux.

Les cinq jeunes messieurs ont habillé de leur mieux car tous portaient des culottes coupées sous le genou et légèrement gonflées à la fin. Deux d'entre eux portaient des chemises blanches en soie blanche ample accentuées de gilets bruns, tandis qu'une autre portait une chemise crème légère et un gilet beige. Les deux autres portaient des culottes grises avec des chemises en soie lâches recueillies à les poignets et les petits volants avec des boutons de couleur or à l'avant. Les gilets pourpres ont complété leurs ensembles.

La douce brise estivale soufflait à travers leurs cheveux soigneusement coupés que le son rythmique des gondoles et des barges passait le long des voies navigables. L'odeur de l'oléandre rouge et l'odeur sucrée de la glycie d'une vigne suspendue flottaient dans l'air. Les cinq jeunes hommes se sont rassemblés devant une statue et ont commencé à se présenter, quand une figure est apparue à l'autre bout de la place. Ils pouvaient tous sentir la présence de la figure et se rendaient compte que c'était l'enseignant qu'ils attendaient.

L'enseignant était de construction moyenne, avec des cheveux noirs soigneusement peignés à l'arrière au-dessus de ses épaules. Son visage triangulaire était taches de rousseur, avec un nez proéminent, une moustache taillée et des yeux bruns brillants et lumineux. Il portait des culottes brun clair coupées et soufflées sous les genoux, une chemise en soie bleu clair avec volants aux deux poignets avec des clous d'or à l'avant de sa chemise et un gilet brun clair. Il a enfilé un chapeau de soie avec un bord renversé tenu devant avec une broche décorative.

«Buona giornata, jeunes hommes », dit l'enseignant, qui se présente comme le professeur Luigi Giacomtti. «Piacere di consoserti. » C'est agréable de vous voir », dit-il en serrant la main de chaque jeune homme. « Nous sommes debout en face du Palazzo Del Bo qui est le bâtiment principal de l'université. »

Le professeur Luigi, qui était président du département de rhétorique et l'un des professeurs populaires sur le campus, a emmené les étudiants par lots pour la visite de Padoue et venise. Il a commencé à leur donner une courte conférence sur le l'histoire de l'actualité à travers le monde ainsi qu'à Venise et Padoue à partir de la période de la Haute Renaissance.

« C'était et c'est un lien de développement intellectuel, scientifique et artistique. La période de la Renaissance a commencé en 1430. Après 1450, l'esprit de découverte gagne du terrain. Parmi les inventions se trouvaient l'imprimerie et la poudre à canon, qui ont mis fin aux chevaliers blindés et aux villes fortées. Surtout, il y a eu la redécouverte des écrivains et des philosophes de la Grèce classique et de Rome — Aristote, Platon, Homér.

Le professeur Luigi a demandé au groupe si quelqu'un connaissait le sens du terme Renaissance. Robert leva la main et dit: « Cela signifie la renaissance. »

— Bien, dit le professeur Luigi. « Robert, s'il te plaît, dis-nous quelque chose sur toi-même. »

« Robert Dudley de Surrey en Angleterre », s'inclina le garçon devant le groupe. « J'étudiais à Oxford l'anatomie humaine, les mathématiques et la littérature, en particulier le théâtre shakespearien. Je suis venu ici pour étudier la médecine.

Jeune homme enthousiaste de taille et de poids moyens, Robert avait les cheveux brun clair et le visage taches de rousseur. Il semblait qu'il essayait de saisir et d'absorber tout avec ses énormes yeux bruns.

Le professeur Luigi a éclairé le groupe avec sa connaissance de l'humanisme, qui impliquait le moment où Copernic a enlevé la terre du centre de l'univers et a laissé l'humanité naviguer dans l'immensité de l'espace.

« La nouvelle compréhension des nus classiques et la science de la perspective dans la peinture fait des illusions convaincantes », a déclaré le professeur Luigi. « En musique, la Haute Renaissance a vu la polyphonie. Dans la spiritualité, Martin Luther a brisé le monopole de l'Église catholique et a commencé la Réforme protestante avec une responsabilité individuelle envers Dieu.

« Shakespeare a examiné la passion de l'humanité avec une sagesse intemporelle et une poésie incomparable. Nous sommes maintenant en 1606. Nous sommes encore dans les tendres années du nouveau siècle », a poursuivi le professeur Luigi, alors que les étudiants se rapprochaient, captivés par sa conférence. « Lorsque cette université a été fondée en 1222, les premières matières enseignées étaient le droit et la théologie. N'importe qui dans le groupe étudiant la théologie?

Allasandro de Pise leva la main.

Le professeur hocha la tête et continua. « L'université s'est développée rapidement et l'institution a été divisée en deux —universitas Iuristarum for civil and canon law and universitas artistarum qui enseignait l'astronomie, la dialectique, la philosophie, la grammaire, la médecine et la rhétorique. Le corps étudiant a également été divisé en deux groupes, l'un pour les étudiants italiens et l'autre pour ceux qui venaient d'au-delà des Alpes. Depuis le XVe siècle, l'université est réputée pour ses recherches dans les domaines de la médecine, de l'astronomie, de la philosophie et du droit. N'importe qui dans le groupe étudiant l'astronomie?

William Radcliff s'est manifesté. « Je suis de Middlesex Angleterre et l'intention d'étudier les mathématiques et l'astronomie sous la supervision du maestro Galileo. »

« Splendide. » Le regard rivé de chacun se tourna vers William, un grand jeune étudiant aux yeux noisettes et aux cheveux brun rougeâtre clair. Plus tard, le groupe a pris au connaître son comportement très concentré et sérieux.

Le professeur Luigi s'est tourné vers Carlo et Alleghero. « Qu'en est-il de vous deux? »

— Je viens de Venise et je viens d'une famille marchande, répondit Alleghero. « Je veux étudier le droit civil et canonique ainsi que la dialectique. »

« Et je veux étudier le droit civil et la philosophie », a déclaré Carlo, qui est également originaire de Pise. « Ma famille est bien connue pour ses bâtiments. Mes ancêtres ont été appelés par la reine Elizabeth à construire des murs fortifiés en Angleterre.

Le professeur Luigi a souligné la générosité et la protection de Venise, qui ont permis à l'Université de Padoue de maintenir une certaine indépendance vis-à-vis de l'Église catholique romaine. L'université a adopté la devise latine : « La liberté paduan est universelle. »

« Le jardin botanique de Padoue, établi en 1545, était l'un des plus beaux jardins du monde. » Professeur Luigi a expliqué. « C'était un endroit où les étudiants de l'université se réunissant pour socialiser et discuter de leur point de vue. J'espère que vous fairez tous de même et que vous apprécierez de le faire.

Il y avait plusieurs musées dont un qui présentait l'histoire de la physique, a-t-il révélé.

« Celui-ci est très populaire parmi les étudiants de Padoue », a poursuivi le professeur Luigi. « Les musées attirent des visiteurs et des étudiants du monde entier. Avant que je vous laisser seul pour visiter Venise à votre guise, je dois vous parler de la Navigilo Del Brenta, un canal qui relie Padoue et Venise. C'est un spectacle très agréable de voir plusieurs bateaux courir le long de ce canal chanter et jouer de leurs flûtes dans une ambiance joyeuse. Le tronçon calme des cours d'eau a une origine naturelle; les constructeurs vénitiens ont détourné le cours principal du canal au sud de la lagune pour empêcher l'envasement. Le canal est géré par des écluses d'eau, qui peuvent être ouvertes et fermées. Grâce à ce canal, les étudiants dans leur temps libre peuvent se rendre à Venise où il y a des magasins vendant de la nourriture, des fleurs, des vêtements, des bijoux, des livres et plus encore.

« Au milieu du XVe siècle, les Vénitiens se sont tournés vers le continent qui l'étendait de l'intérieur des terres. Une famille riche a acquis les terres agricoles et a commencé à construire des villas. Ceux-ci ont été utilisés pour superviser les États agricoles, mais sont rapidement devenus des résidences d'été. Le professeur Luigi soupira.

« Très bien les jeunes hommes, allez vous amuser à Venise, se comporter, et revenir à temps pour vérifier votre emploi du temps sur le campus. Je t'ai dit au revoir. Vous serez pris en charge par vos professeurs départementaux individuels, donc tout le meilleur sur vos projets futurs et vous souhaitant une navigation en douceur tout au long de votre séjour à l'Université de Padoue. »

Plusieurs bateaux traversaient ce canal jusqu'à Venise; certains revenons à Padoue. Les étroites gondoles décorées traversaient les canaux dans leur rythme tranquille. Les gondoles étaient moins nombreuses que d'autres bateaux comme Battella ou Carolinas. Les gens d'un bateau qui passait s'acclamaient les uns les autres.

Les étudiants de Padoue sont venus dans un tel bateau. Chaque élève avait son propre désir d'être comblé à Venise, loin de sa routine rigoureuse à Padoue. À une distance du Grand Canal, on pouvait voir les navires marchands souffler leurs cornes et s'éloigner vers un pays lointain. Certains venait d'accoster, tandis que d'autres se préparaient pour le voyage.

À Venise, il y avait la grande cour ouverte ou la piazza

à perte de vue où les gens se promenaient, bavardaient, chantaient et achetaient et vendaient des choses des vendeurs. Autour de la grande place, des dames aux robes longues, blouses en dentelle et chapeaux décorés planaient gracieusement. Leurs visages poudrés ont été accentués avec des écharpes en dentelle fleuries lâchement drapées. Leurs ornements de cheveux bijoux élaborés couronné leurs mèches soigneusement bouclées et sur certains, chignons couronnés ont été faites avec leurs longs cheveux.

Les demeures étaient assises de part et d'autre du Grand Canal où vivaient les riches. Il y avait des canaux étroits, qui se ramifions autour de Venise. Les demeures confortables avec leurs balcons suspendus ont été accentuées avec des plantes à fleurs suspendues. On pouvait les voir de chaque côté d'un canal étroit alors que les plantes baissaient pour atteindre l'eau du canal, l'arc-en-ciel de couleurs se balançant doucement pour saluer les bateaux qui s'en venaient, où les jeunes filles agitaient et saluaient les passants. Les étudiants de Padoue dans le groupe du professeur Luigi étaient à cheval sur deux de ces bateaux loués qui sont venus à Venise.

William, qui étudiait les mathématiques et l'astronomie, et Robert, qui étudiait la médecine, ont été tous deux ravis d'être dans le centre intellectuel qui était Padoue. Robert était très heureux d'être dans l'établissement où Andreas Visalias occupait le fauteuil départementaux de chirurgie et d'anatomie. Largement célèbre, Visalias a publié ses découvertes anatomiques dans De Humani Corpories Fabrice.

Se sentant chanceux d'être présenté avec Carlo, Allasandro et Alleghero, le groupe d'étudiants s'est rapidement lié. C'était comme s'ils se connaissaient depuis longtemps. Leur excitation était palpable. Ils ont élargi leurs horizons en étudiant l'art, la littérature et la musique en plus de leur propre objectif d'étude. Ils pouvaient prévoir des possibilités de discuter entre eux de ce qu'ils apprenaient individuellement. Ils ont prévu de venir à Venise pour se détendre ainsi que d'acheter des livres et d'autres matériels d'étude. Ils étaient particulièrement intéressés par les livres qui étaient interdits à l'époque, comme la Bible de Martin Luther.

De jeunes intellectuels comme ces messieurs connaissaient aussi le bénéfice du temps social et étaient donc impatients de rencontrer les jolies filles Amadora, Assunta et Angela, qui était la sœur d'Alleghero. Deux des filles étudiaient la peinture tandis que l'autre étudiait la musique.

Ils se sont tous rendus dans un restaurant en bordure de route où ils ont consommé du poisson frais cuit de la côte et du pain frais au four alors qu'ils aimaient bavarder et discuter de différents sujets et échanger de nouvelles idées. Peu de temps après, les élèves ont dû retourner à destination.

Ils étaient déterminés à verser leurs cœurs, mais il y avait tant de pensées et d'idées qu'ils ont été peur serait entrer en collision avec le débordement des opinions. Il y avait tant de choses à dire en si peu de temps.

Angela, qui aimait Robert, voulait en savoir plus sur lui et voulait être proche de lui, même si ce n'était que la deuxième fois qu'ils se rencontraient. Elle a regardé son frère Alleghero de manière significative pour obtenir son consentement.

Comme sur la queue, Robert s'approcha soudain d'Angela. « Je suis si s'il vous plaît d'être avec vous. Votre voix est si belle et vous avez une personnalité charmante. Ils se tenaient la main pendant quelques secondes que Robert a fait un arc courtois.

Angela rougit et réussit à dire : « Je suis très heureuse de vous voir. »

Pendant ce temps, William et Amadora se tenaient très proches l'un de l'autre.

« Amadora j'espère vous voir bien tôt. S'il vous plaît expliquer comment vous faites le clair-obscur parfait », a demandé William.

— Eh bien, William, vous devrez m'expliquer la théorie des mouvements planétaires, ce que vous apprenez de votre maestro Galilée, dit Amadora en rougissant.

— Certainement, Amadora, dit William, les yeux brillants. « Je suis heureux de partager les connaissances que j'ai acquises lors des conférences. Je suis honoré par votre intérêt.

Puis le jeune couple a continué à s'admirer avec des mots tacites.

Alleghero et Assunta se connaissaient depuis leur enfance quand ils étaient camarades de jeu. Alleghero embrassa la main d'Assunta, faisant ses adieux.

Carlo et Allasandro ont encouragé le groupe à revenir. « Nous allons donner un peu d'argent à Pietro qui attend de nous ramener. J'espère qu'il cachera les livres quelque part dans son bateau.

Ils se sont séparer des jeunes filles qui sont retournés à destination et les jeunes hommes sont montés à bord du bateau. Au cours de leur promenade en bateau, les jeunes hommes fatigués ont réfléchi sur leurs agréables souvenirs de la journée que les derniers rayons du soleil couchant coloré les ondulations du canal.

Alors que le rideau du crépuscule tombait sur les cours d'eau diffusant les lumières du balcon des demeures et jouant à cache-cache avec l'ombre des ténèbres, au-dessus de l'horizon un par un, les étoiles commettant à regarder vers le bas à la terre. Seul le bruit berce de l'eau poussée par les rames brisa le silence des ténèbres. Enfin, les étudiants sont arrivés à Padoue, chacun parvenons à cacher leurs livres alors qu'ils se faufilaient à l'intérieur du campus après avoir donné un pourboire généreux à Pietro.

Carlo et Alleghero ont étudié le droit, tandis qu'Allassandro s'est attaqué à la théologie, comme le processus d'apprentissage rigoureux à Padoue a continué. Chaque fois qu'ils avaient le temps, ils se rencontraient au musée, comme à proximité, où ils discutaient des épreuves et des tribulations du processus de leur apprentissage.

À l'occasion, ils se rendaient au jardin botanique de Padoue et passaient du temps assis tranquillement sur les bancs de marbre blanc. William y allait souvent et ramassait une brindille tombée ou prendrait un stylo à encre et travaillait sur une équation sur le sol exposée entre les plates-bandes pour résoudre un problème mathématique. Il était très heureux que le maestro Galilée s'intéressait vivement à lui et cherchait une occasion de demander au maestro s'il était intéressé à travailler avec lui dans un domaine particulier. Donc, après hésitation initiale, il a dit: « Maestro, je voudrais beaucoup travailler sur le projet de « Nouvelles étoiles et mouvements planétaires », a déclaré William.

— Oui, William, vous avez travaillé dur sur le chemin parabolique du projectile, répondit Galilée. « Vous pouvez certainement travailler sur mon projet. »

William était très excité et voulait le dire au reste de ses amis. Sûrement, il voulait dire à son ami doux spécial, Amadora. Il n'arrêtait pas de penser qu'il ferait appel à eux au musée, puis reconsidéré. — Non, je leur dirai dans le jardin botanique, se dit-il.

Le jardin a été fondé sur la délibération du sénat de la République vénitienne. Un an après l'inauguration en 1545, le jardin botanique a été utilisé comme un centre d'enseignement. Le jardin a été consacré à la croissance des plantes médicinales, celles qui ont produit des remèdes naturels. L'enceinte circulaire du mur a été construite pour protéger le jardin contre les vols de nuit, qui se sont produits en dépit de sanctions sévères.

Guillaume a été fasciné par l'aménagement du jardin botanique, l'exemple de l'Horti Conclusi médiévale (jardins clos), faisant de l'architecture un modèle parfait d'une place dans un cercle. C'était le premier jardin botanique au monde avec une parcelle centrale circulaire, symbolisant le monde entouré d'un anneau d'eau.

William n'arrêtait pas de penser où ils pouvaient se réunir. « Le jardin botanique est de 22.000 mètres carrés et chaque section est unique avec des plantes à fleurs exotiques, des arbres, des parterres de fleurs complexes, certains en forme de cadrans divers, ainsi que tant de fontaines. »

Il a finalement décidé de demander à tout le monde de se réunir au palais principal, qui a été enrichi de nombreuses fontaines alimentées par un hydrophore roue gigantesque pour assurer une irrigation adéquate.

Robert, Carlos, Allasandro, Angela, Alleghero, Asunta et Amadora sont arrivés un par un. Ils étaient tous très excités et impatients de savoir quelles nouvelles William allait révéler. William était très excité, aussi.

« Je n'arrive pas à croire que le maestro Galilée m'ait donné la permission de me joindre à lui dans l'étude des « Nouvelles Étoiles et mouvement planétaire », a déclaré William, prenant place près d'une fontaine.

Les jeunes se sont applaudis et se sont serrés dans leurs bras. Amadora a suggéré qu'ils devraient célébrer l'occasion à Venise au restaurant où ils s'étaient rencontrés pour la première fois.

Robert s'approcha avec impatience d'Angela. « J'ai aussi quelque chose à partager. »

« Qu'est-ce que c'est? » Angela a demandé avec impatience.

« Ce n'est pas aussi grand que les nouvelles de William,

mais une de mes dissections d'anatomie sera exposée dans le musée d'anatomie. »

— Oh, c'est une excellente nouvelle, Robert, jaillit Angela. « Nous devons célébrer. »

Carlos ambled vers William avec impatience. « J'ai eu l'intention de vous demander depuis un certain temps maintenant pourquoi maestro Galileo a pris tout le crédit pour la découverte du télescope. Un Hollandais a effectivement fait le télescope, mais Galilée a été celui qui l'a présenté pour la première fois à Venise.

William se grattait la tête et sillonnait ses sourcils. « Vous avez raison, mais le télescope du Néerlandais avait une portée limitée pour scanner le ciel à la recherche de nouvelles étoiles ou de mouvement planétaire. Maestro Galileo l'a redessiné et l'a rendu puissant avec des lentilles plus fortes et puissantes.

« Maestro favorise Archimède et son principe plus qu'Aristote, est-ce vrai ? » Robert s'enquiert.

— Oui, répondit William.

Robert a annoncé un plan pour célébrer avec le groupe à Venise, une suggestion qui a été accueillie avec une acclamation retentissante de toutes les personnes présentes.


Les étudiants de Padoue ont fait savoir qu'il y avait une lutte entre l'interdiction papale et les droits vénitiens.

Paolo Sarpi, réputé pour son apprentissage et nommé conseiller officiel du Sénat, a rédigé la réponse de la République au projet du Pape. L'apprentissage de Paolo Sarpi s'étendait au-delà de sa spiritualité. Tout le casting de son esprit semblait être scientifique plutôt que philosophique.

En tant qu'anatomiste, il avait été crédité de la découverte de la circulation du corps humain un quart de siècle avant Harvey. Il a également découvert la valve dans les veines. En tant qu'opticien, il a gagné la gratitude de Galilée lui-même, qui a reconnu l'aide du mio padre e maestro Sarpi dans la construction de son télescope.

Carlo a été au fait de la nomination de Sarpi comme conseiller au Sénat. C'était tard dans la soirée alors qu'il rassemblait les autres. Tous les cinq sont sortis de leur logement dans un endroit isolé et ont commencé à parler, impatients de connaître le résultat.

« L'Université de Padoue devrait être au-dessus de tout cela », a déclaré Alleghero. « La devise de l'Université est d'être libre de l'interdiction papale. »

Allasandro a dû intervenir. « Il essaie d'excommunier Venise et nous allons avoir des ennuis. »

Leurs murmures se sont levés au-dessus de l'harmonie des grillons et au loin un navire a soufflé un signal de détresse que l'obscurité de la soirée est tombée. À ce moment-là, un garde de nuit est arrivé pour vérifier sur eux.

—Qu'est-ce qui se passe, pourquoi êtes-vous ici à cette heure de nuit ? demanda le garde.

« Nous étions épuisés après avoir étudié dur, alors nous sommes sortis pour nous promener et prendre l'air pour pouvoir dormir », a répondu le groupe.

Les étudiants de Padoue ont rapidement eu la nouvelle que Sarpi a répondu au premier mémoire du Pape que les questions temporelles n'étaient pas sous la juridiction du Pape. le groupe de cinq et les trois belles dames Amadora, Asunta et Angela a commencé à parler des nouvelles. Malgré la menace d'excommunication du Pape, Venise ignorerait et rejetterait le nonce pontifical avec l'aide de Sarpi avec les mots suivants : « Ce n'est rien pour nous.

Pensez maintenant où la résolution mènera, si notre exemple doit être suivi par d'autres.

Sur les conseils de Sarpi, les Doges (qui seraient dignes de la nation et acceptables pour le peuple) bannissaient tous les jésuites dont l'orientation espagnole les avait conduits à prendre la ligne papaliste.

Amadora et Asunta demandaient à Carlo : « Pourquoi devons-nous nous inquiéter de tout cela ? Nous sommes venus ici pour une éducation.

« Nous devons savoir ce qui se passe autour de nous, c'est aussi l'éducation », a répondu Carlo. « De plus, il nous importe beaucoup que nous obtenons notre éducation qui est large et ouverte sans l'intervention papale. L'Église s'essaie à interdire les livres, ce qui contredit la devise de Padoue. C'est le monopole papal. Pourquoi font-ils ça ? Nous devrions avoir l'occasion de lire ces livres et de comprendre par nous-mêmes ce qui est bien ou mal. Les gens viennent ici de partout dans le monde pour étudier. Pensez-vous que quelqu'un sera prêt à venir si nous avons une vision étroite? Il est très important que nous surions que nous sommes une république vénitienne. Si Venise perd son pouvoir et tombe, alors nous Paduans, tomber aussi.

Allasandro et Carlo étaient heureux de constater que Paolo Sarpi est resté au centre de la scène, écrivant d'innombrables lettres et polémiques, prédication, dispute et débat, s'efforçant de définir plus clairement le chemin céleste de l'Église et le chemin terrestre des princes temporels.

Allasandro a dit au groupe que Sarpi a atteint le nom et la renommée, ici et à l'étranger et, pour certains, il était un Archange, tandis que pour d'autres, il était l'Anti-Christ. Les gens de Venise se prosterné pour embrasser ses pieds.

L'Angleterre et la Hollande voulaient ouvertement aider la situation. Enfin, en avril 1607, le Pape leva l'interdiction.

Il restait de l'anxiété, qui planait au-dessus de Venise et de Padoue, que le Pape puisse essayer d'imposer son autorité par la force des armes avec l'Espagne comme son allié consentant.

À Venise, il y avait un afflux de personnes de l'extérieur de l'Italie, car elle était très populaire pour sa culture florissante et l'éducation.

La population espagnole a augmenté. La population de Venise a observé une augmentation du nombre de rassemblements de personnes espagnoles dans les cafés et les coins de rue. Ils ont observé que ces personnes étaient peut-être engagées dans l'espionnage à mesure que le taux de criminalité augmentait et que les gens vivaient dans la panique et l'anxiété sans savoir qui serait la prochaine victime.

En quatrième année à Padoue pour le groupe de cinq étudiants, l'humeur de ces étudiants a changé en raison des changements de l'air politique autour d'eux. Ils travaillaient encore dur sur leurs projets et étaient très proches et amicaux les uns envers les autres. Leur lien s'est resserré comme s'ils étaient tous une unité. Des inconnus ont suivi certains d'entre eux lorsqu'ils achetaient des livres ou discutaient dans un café en bordure de route.

Un soir, Allasandro a rassemblé les autres, car leur groupe proche était très triste et sérieux au sujet de quelque chose. Il a fait savoir que Giovanni, un ancien étudiant en théologie de Padoue, était en difficulté. Il travaillait comme assistant du clergé dans une petite ville proche de Padoue. Dans une discussion hebdomadaire, ses commentaires sur la responsabilité individuelle envers Dieu semblaient déranger d'autres clergies.

Giovanni était très proche de ce groupe d'étudiants.

Il avait l'habitude de passer du temps à s'occuper de leurs besoins. Parfois, il les emmenait à la maison pour rencontrer ses parents, qui sont également devenus très proches de ces élèves.

Il a d'abord été rapporté que Giovanni avait été jeté hors du clergé. Si le Comité de l'Inquisition décidait de le faire, alors, qui savait ce qui pourrait arriver? Ils pourraient le mettre en prison.

« Ils pourraient le traîner et le noyer à mort, comme cela avait été fait à d'autres dans le passé », a rapporté Allasandro. « Comme le destin l'aurait fait, ils n'ont pas brûlé ce malheureux car il y aura des interrogatoires et une enquête qui entraînerait une condamnation publique; si secrètement un soir, ils ont pris ce prisonnier par bateau et l'ont mis dans une cage et l'ont noyé dans la rivière en mettant deux pierres lourdes de chaque côté.

L'histoire glaçante était une mise en garde pour les étudiants qui, de temps en temps, ont été harcelés par le autorités et interrogés sur le type d'activités qu'ils ont effectuées lorsqu'ils se sont rendus à Venise. Ils ont été une fois suivis à Venise alors qu'ils étaient sur le point d'acheter des livres sur la religion, mais ont réussi à éviter une confrontation et se retirer dans un endroit sûr pour manger.

William était l'un des étudiants travaillant avec Galilée. Les découvertes astronomiques faites par Galilée avec ses télescopes furent publiées à Venise en mai 1610. Il y avait une démonstration des télescopes de Galilée au sénat vénitien et Galilée a donné les seuls droits pour les fabriquer au sénat vénitien. Le sénat a été très impressionné au début et a augmenté son salaire; mais plus tard s'est rendu compte que le droit de fabriquer le télescope Galileo leur avait donné était sans valeur et a gelé son salaire.

Il réussit à impressionner le Cosimo de Médicis et le Grand-Duc de Toscane. En juin 1610, peu après la publication de son célèbre livre Starry Messenger, Galilée démissionna de son poste à Padoue. Il est devenu mathématicien en chef à l'Université de Pise et mathématicien et philosophe du Grand-Duc de Toscane.

En tant qu'étudiant de Galilée, Guillaume était dans une situation inconfortable et son travail était lié aux mouvements des lunes de Jupiter et le contenu de Starry Messenger étaient son guide et son inspiration. Le Messager étoilé n'a pas été accueilli par le sénat vénitien. Après la démission de Galilée à Padoue, Guillaume communiqua avec Galilée.

Il était difficile et long en 1610 et par la suite de communiquer avec une personne qui vivait dans d'autres villes. Surtout, le livre de Galilée n'a pas été le bienvenu par les autorités de l'Université de Padoue, car le sénat vénitien n'était pas satisfait de Galilée.

La devise « La liberté paduan est universelle », était fragile et les étudiants de Padoue étaient confus et déconcertés. William voulait rencontrer Galilée à Pise en secret et voulait le remercier. Il s'arrangea pour aller à Pise en charrette tirée par des chevaux, se cachant sous une pile de foin. Après une courte visite avec son professeur et mentor, il est parti. Alors qu'il revenons, il dut se cacher dans un trou dans le lit de la charrette tirée par des chevaux.

Avant son départ, son professeur lui a donné une pile d'équations qu'il ne pourrait jamais publier. Ces équations et théories devaient être cachées de peur d'être capturées par le Comité d'Inquisition. William a eu le courage de le transporter comme il était de l'Angleterre afin qu'il puisse en quelque sorte obtenir ce hors du pays. Il y avait une possibilité que dans quelques semaines encore quand le navire marchand de son oncle accosterait près de Venise. Il pourrait envoyer les papiers par lui dans un autre pays.

Alors que la charrette tirée par des chevaux montait et descendait sur une route accidentée non pavée, le cœur de William roulait aussi vite que le cheval courait dans l'obscurité. Pendant qu'il arrosait, il pouvait sentir la brise froide comme il a ouvert une porte de la plate-forme en bois. Il a mis sa tête hors du trou pour un peu et regarda au-dessus, vers l'horizon. le belles vignes à fleurs. Non loin de là, il y avait des chutes d'eau artificielles qui murmuraient constamment autour des rochers.

C'est en fin d'après-midi qu'ils se sont réunis après la fin de leur journée à l'université. Les jeunes filles Amadora, Assunta et Angela étaient également présentes. Ils ont commencé à planifier leur sortie de Padoue et venise. Allasandro a plaidé pour son ami Giovanni, il était vraiment en grande difficulté, il était sûr d'affronter le Comité d'Inquisition et il serait condamné. William demanda à Amadora d'esquisser un plan détaillé qui pourrait être caché dans une peinture de paysage.

Il a été décidé que Carlo et Robert prendraient un bateau. Giovanni serait dans le même bateau, mais se cachait dans un espace autour du fond derrière une planche. Le sol de l'espace avait une porte secrète qui pourrait être ouverte à l'eau si ce bateau était pris, de sorte que Carlo et Robert pouvaient signaler avec un bruit de taraudage et Giovanni pouvait nager sous l'eau jusqu'à ce qu'il soit secouru.

Le bateau monterait jusqu'à un navire marchand qui accosterait bientôt au-delà du Grand Canal. C'était le même navire qui appartenait à l'oncle de Guillaume qui avait amené William et Robert à Venise. Robert avait un plan pour revoir l'équipage juste pour dire bonjour.

William, Allasandro et Amadora emmenaient une gondole au navire marchand. Guillaume avait le plus de danger et de responsabilité, car il porterait les documents non publiés de Galilée. Le plan était que s'ils étaient pris, le gondolier qui travaillait pour Alleghero le cacherait quelque part dans la gondole.

Assunta, Angela et Alleghero prendraient un bateau

du golfe de Venise qui sortirait de la mer Adriatique. Leur plan était de dire aux autorités qu'ils étaient en route pour la Grèce pour étudier et passer des vacances.

Sur la côte de la mer Adriatique et Ionienne, ils embarquaient à bord d'un navire pour Athènes et rencontraient le reste du groupe à Izmir en Turquie où le navire qui appartenait à l'oncle de William s'arrêtait sur le chemin de leur destination finale en Angleterre.

Il était bien connu que leur groupe de jeunes intellectuels était sous observation des autorités. Le groupe a compris que le plan devait être parfaitement mis en œuvre afin d'assurer leur sécurité. Ils n'avaient pas d'autre choix : ils devraient quitter leur université bien-aimée de Padoue et aussi venise.

Le jour est arrivé où chacun a orchestré son plan et est monté à bord de ses bateaux à différents endroits. Carlo et Robert sont montés à bord de leur bateau et Giovanni est monté secrètement dans le bateau ainsi. Ils avaient traversé les canaux à plusieurs reprises, alors qu'ils étaient à Padoue. Cette journée était si différente, leurs cœurs battaient plus vite avec anxiété, le rythme des rames battant l'eau se sentait comme une âme gémissante et des paysages familiers avec des souvenirs heureux couraient vers l'arrière, disparaissant d'eux.

En face d'eux, ils pouvaient voir les contours d'un bateau. Le bateau a ralenti, et une personne leur a fait signe de s'arrêter. Giovanni est rapidement sorti du fond du bateau à l'eau, et s'est caché près de la gouverne de direction. Ils étaient tous gelés par la peur. Après quelques questions et contrôles de sécurité, leur bateau a été autorisé à aller de l'avant. Cette partie de leur plan avait fonctionné. Après que l'autre bateau ne pouvait plus être vu, Giovanni a été pêché hors de l'eau.

Dans la gondole, William, Amadora et Allasandro étaient également en route. William a gardé Amadora et

Allasandro cachés dans une cabine, comme à Venise, ils ont été interrogés sur leur destination. Allasandro a dû plonger dans l'eau pendant quelques minutes. Comme Amadora est restée dans la cabine, une personne est venue inspecter la cabine alors elle s'est cachée dans un grand compartiment, qui avait un couvercle. Le gondolier a mis ses ustensiles et une lampe lourde sur le dessus de sorte que la personne en charge n'a pas pris la peine d'aller dans l'inspection détaillée. William a répondu aux questions que la personne a posées et a présenté le permis qu'il avait dit que le navire appartenait à son oncle.

La gondole a recommencé, Allasandro était encore quelque part en dessous dans l'eau. Le gondolier a poussé vers l'avant jusqu'à ce que le bateau soit hors de portée de la personne qui inspectait. Bientôt, le gondolier aperçut Allasandro qui était suspendu sur un côté de gondole haletant pour respirer. Ils sont montés à bord du navire et en peu de temps, le navire a soufflé sa corne et a commencé à se déplacer. Le gondolier a commencé à chanter sa chanson comme il a dit adieu au navire. Carlo, Robert, Giovanni se sont précipités sur le pont pour accueillir William, Amadora et Allasandro. Le jeune groupe regarda tristement le rivage de Venise alors qu'il disparaissait lentement mais sûrement dans le vaste horizon comme s'il ne s'agissait que d'un rêve.

# 7

# La maison près du ruisseau

Noyakhali, une ville idyllique dans la partie orientale du Bengale indivis en Inde, gisait dans un paysage fertile entouré de grands palmiers et cocotiers chuchotant dans la douce brise. Au-dessus de la terre s'étendait un dôme de ciel bleu qui descendait pour embrasser les rizières dorées que la rivière et les ruisseaux dansaient côte à côte.

Il y avait des maisons grandes et petites nichées autour du paysage où hindous et musulmans vivaient heureux de partager des liens et des liens étroits les uns avec les autres. Les voisins, qui avaient une générosité mutuelle et le respect les uns pour les autres, ont célébré leurs fêtes et rites religieux sans conséquence.

Le paysage politique en 1946, quand une tempête d'émeutes communautaires a soufflé sur la partie orientale du Bengale et la partie occidentale du Pendjab en Inde avant l'indépendance de l'Inde, a raconté une autre histoire. Avec les émeutes est venu une vague de terrorisme qui a balayé avec elle à la fois la mort et la destruction.

Mahatma Gandhi est arrivé avec une mission de paix à Noyakhali se sentant optimiste que sa présence aurait un effet calmant. Il visitait les villes et villages de la région, section par section, par la foule quotidienne sur des chemins non pavés et boueux. Comme toujours, Gandhi marchait devant ses disciples vêtus de sa tenue signature se présageant fermement avec son bâton de marche.

L'un des disciples était un jeune journaliste, Bimal, qui, lors d'une de ces tournées quotidiennes, accompagnait Gandhi et son groupe sur un chemin étroit et boueux, qui menait à travers les rizières et courbé vers un étang où les parfums sucrés des lys en fleurs parfumaient l'air.

Un grenier brûlé était désolé à l'ombre des arbres tandis que les cocotiers environnants soupiraient avec la brise. Non loin de là, une maison carbonisée grinçait dans un souffle de vent et une odeur de brûlé remplissait l'air au fur et à mesure que Gandhi passait. Le grincement de la maison brûlée s'est poursuivi comme s'il voulait être reconnu.

Bien au-delà d'un virage dans la route, une maison qui n'a pas été endommagé, mais debout élégamment par le ruisseau entouré de verdures luxuriantes en vedette toutes les variétés d'arbres fruitiers comme les mangues, litchis, et jacquier. Il y avait aussi un potager et un étang de taille moyenne pour les poissons comestibles. Les lys roses qui ornaient l'étang semblaient avoir une histoire à raconter.

La porte sculptée en bois à l'avant de la maison était à moitié ouverte. Une aura qui entourait la maison affectait le groupe de visiteurs avec un sentiment de malaise. Le groupe s'est arrêté et s'est regardé.

Gandhi s'est tourné vers le jeune journaliste du groupe. « Bimal, c'est la maison ? »

Bimal s'est avancé, la tête baissée. « Oui, Bapujee. »

En tant que père de la nation, Gandhi avait l'habitude d'être affectueusement appelé « Bapujee » par tous les Indiens.

Gandhi a demandé à Bimal de prendre les devants car c'était le désir du journaliste de voir et d'écrire tous les chose exactement « comme il n'est pas moins ou pas plus. » En pénétrant dans la maison, Bimal sentit qu'elle

114

aurait pu être occupée récemment, mais que ses occupants étaient peut-être partis à la hâte. Le mobilier du salon a été déplacé, une table était à l'envers, et des morceaux de sculpture brisée gisaient éparpillés sur le sol. Une peinture sur le mur était tordue, un rideau de dentelle a été déchiré, et il y avait des empreintes de pas de couleur rouille sur le sol.

Bimal a continué à marcher à travers la maison le long d'un couloir menant à la cuisine d'un côté et les chambres de l'autre. L'odeur des épices de cuisson persistait encore dans l'air; une personne du groupe a pris une grande respiration et a dit: « Quelqu'un doit avoir été la cuisson ici il n'ya pas trop longtemps. »

De l'autre côté du couloir se trouvaient plusieurs chambres. Deux des placards de chambre de taille moyenne ont été jetés ouverts et les vêtements des femmes comme des saris de différentes conceptions et couleurs ont été éparpillés sur le sol. Les jupons conçus pour porter sous un sari et des chemisiers pour correspondre aux saris ont été dispersés sur le sol et les meubles. Dans l'une des chambres, les oreillers et les draps avaient été déchirés et couchés en tas sur des meubles brisés et des photographies brisées.

Pendant que Bimal prenait des photos de cette scène, quelqu'un du groupe l'appelait depuis la chambre des maîtres et Bimal courait voir ce qui se passe. Avant lui jeter une scène horrible de taches de sang éclaboussées sur les murs et ainsi que le plafond. De longues traînées de sang séché qui taché les murs ont fait ramper sa peau. le tête de lit en bois sculpté du lit portait une tache similaire. Les draps ont été retirés du lit, tout comme les oreillers. Des morceaux de corde gisait sur le lit.

Contrôlant son émotion, Bimal convoqua et guida Gandhi dans la salle.

« Bapujee, ce sont toutes des images tachées de sang. »

La voix de Bimal faisait écho à des sentiments de chagrin et de désespoir. « Je comprends, les gens se sont noyés dans la mer de haine et de rage. »

Gandhi secoua la tête tristement.

À ce moment,, un golden retriever couru dans la salle gémissant comme il était assis près des pieds de Gandhi, comme si le chien savait qui gandhi était. Le groupe a été ému en larmes par la dévastation dans la salle, même sans savoir ce qui s'était passé.

Un homme du quartier est alors entré dans la chambre, s'est agenouillé aux pieds de Gandhi et s'est mis à pleurer pitoyablement. Il se sentait obligé de partager ce dont il était témoin, mais il s'étouffait de peur et de tristesse. Bapujee a assuré à l'homme qu'il était en sécurité maintenant et l'a encouragé à raconter son histoire.

« Avant-hier vers minuit, j'ai entendu un groupe de personnes crier le nom d'Allah », a déclaré l'homme, respirant abondamment. « Ils portaient des torches de feu et entouraient cette maison, la maison de Sarkar Babu, mon voisin. Puis, j'ai entendu des bruits terribles comme si la maison était envahie et brisée.

L'homme s'arrêta pour essuyer ses yeux.

« Puis j'ai entendu des cris de la voix d'une femme et j'ai réalisé que c'était la dame de la maison qui appelait à l'aide. J'ai connu Sarkar Babu et sa famille pendant une longue période, mais je me sentais impuissant. Je ne pouvais rien faire.

L'homme a dit que selon la fille de Sarkar Babu, Nandini, qui a frappé à sa porte très tôt le lendemain matin, il y avait plusieurs assaillants armés d'épées et de bâtons de bambou. « J'ai peur, même maintenant et demander de l'aide. Si les agresseurs savent que je vous parle maintenant, ils me feront du mal, à moi et à ma famille. Je suis musulman. Je m'appelle Rahim. Sarkar Babu et sa famille sont des amis proches depuis longtemps.

Il a dit que Nandini avait l'air très pâle et tremblait de façon incontrôlable de son calvaire. « Ses vêtements étaient mouillés et dégoulinant d'eau. Elle m'a dit qu'elle s'était cachée dans l'étang et qu'elle avait réussi à survivre en s'accro tenant à la mousse et aux lys. Nandini s'écria à haute voix et dit: « Baba décapité de l'attaquant (père) en face de ma mère et a commencé à jouer au football en utilisant sa tête comme un ballon. "

Le corps de l'homme tremblait en se souvenant du récit glaçant de Nandini : « Ma a crié de terreur jusqu'à ce qu'ils lui fourrillent des morceaux de tissu déchirés dans la bouche et l'attachent avec une corde. Puis, elle s'est évanouie. Pensant qu'elle était morte, les hommes l'ont portée et l'ont jetée dans les buissons, près des rizières. L'un d'eux a commencé à me déshabiller tandis qu'un autre m'a giflé et m'a arraché les cheveux. J'ai continué à crier et mon fidèle chien, Bahadur a sauté sur les attaquants et a commencé à les mordre. Alors les hommes ont essayé de se battre contre Bahadur, essayant de le tuer, mais mon chien férocement attaqué en arrière. Pendant la lutte, je me suis échappé. Plus tard, j'ai entendu mon chien aboyer, donc Heureusement, il a également réussi à s'échapper par un escalier menant au toit. Le chien m'a sauvé la vie.

Bimal secoua la tête en écoutant l'histoire de l'homme. « Rahim, où est la jeune fille maintenant et quelqu'un sait-il ce qui est arrivé à la mère? »

Rahim se recroqueville, comme s'il avait peur d'être découvert par les assaillants. « Bapujee, je suis inquiet et peur de dire ce que je sais d'autre. »

Bapujee prit sa main et l'assura que lui et son groupe essaieraient de l'aider autant qu'ils le pouvaient.

« Nandini m'a supplié d'obtenir de l'aide », a poursuivi Rahim. « Alors je suis sorti avec elle à la recherche de sa mère dans les rizières. Heureusement, sa mère était encore en vie, gravement meurtrie, mais heureusement, toujours en vie. J'ai ramené la mère chez moi pendant que Nandini suivait. Ma femme, Shelma, leur a donné du thé et des vêtements secs.

« Je leur ai offert un abri chez moi et je leur ai demandé de mettre des burkas pour dissimuler leur identité. Ils se sont reposés dans la chaleur de la journée. Après minuit, j'ai demandé à mon ami qui a un chariot à bœufs de les emmener chez notre médecin où ils pourraient être en sécurité pendant une courte période. Ils sont montés à bord de ce chariot caché derrière la charge de sacs de riz et ont été emmenés à la sécurité de la maison du médecin. Avant de partir, Nandini m'a demandé si je pouvais organiser le passage pour eux à Calcutta. Ils avaient des parents qui vivaient dans les environs qui leur offriraient un endroit où séjourner pour l'instant. Avant le départ de Nandini, elle m'a demandé si je pouvais prendre soin de son fidèle chien, Bahadur, à qui elle est reconnaissante d'avoir sauvé sa vie. Je lui ai assuré que je serais honoré. Un héros comme Bahadur mérite une bonne maison.

Rahim s'arrêta brièvement pour raconter les événements tragiques qui avaient frappé ses voisins. « Dites-moi, Bapujee, qui a commencé cela? Pourquoi sommes-nous dans la misère? Nous habitions ici en paix et en harmonie les uns avec les autres.

Gandhi soupira en plaçant sa main sur la tête de Rahim. « Nous devons être forts ensemble et rester fermes contre cette émeute insensée. »

Gandhi a appelé Nirmal, un de ses fidèles disciples, pour organiser un passage sécurisé pour Nandini et sa mère pour assurer leur destination sûre. Nirmal a répondu qu'il organiserait le camion de fournitures médicales pour les ramasser d'où ils logeaient et les emmener à Ferry Ghat (la station d'amarrage) près de la ville de Dacca. Là, ils monteraient à bord d'un tour tôt en bateau, puis prendre un train directement à Calcutta.

« Je vais prendre des dispositions pour que quelqu'un les accompagne pour s'assurer qu'ils atteignent leur destination en toute sécurité », a déclaré Nirmal.

Rahim voulait accompagner Nirmal pour voir Nandini et sa mère, Shobha Devi, qu'il appelait affectueusement Bhabijee, un terme d'affection utilisé pour appeler la femme d'un frère aîné, pour la dernière fois.

Le lendemain matin, alors qu'il faisait encore nuit, Rahim et le chauffeur du camion sont venus chercher Nandini et sa mère. Les étoiles brillaient encore et le jour a été dessiné avec un pinceau pâle et léger dans le ciel de l'Est. Sous le croissant de lune, un peu d'oiseaux ont commencé leurs premières chansons comme ils flottaient leurs ailes.

Comme promis, le bateau attendait dans l'eau, portant l'espoir de survie non seulement pour Nandini et sa mère, mais pour les générations futures. Rahim a fait ses adieux à ses voisins et amis et leur a souhaité un voyage en toute sécurité. Avant leur dep re, Nandini s'est une fois de plus assuré que Rahim prendrait bien soin de Bahadur. Nirmal a dit qu'il ferait de son mieux pour envoyer le chien avec une personne de fournitures médicales à Calcutta, peut-être plus tard après Shobha Devi et Nandini se sont installés, s'ils le souhaitaient. Malgré leur chagrin d'avoir perdu le patriarche de leur foyer, les femmes étaient ravies de voir leur fidèle chien, qui était devenu un membre bien-aimé de leur famille.

Nandini et sa mère sont montés dans le bateau et bientôt il s'est lentement éloigné de la rive comme Rahim se tenait sur la rive de la rivière en les regardant.

Sa silhouette s'est encore réduite à chaque coup des rames. Nandini et sa mère, toujours vêtues de burkas dissimulant toutes,regardaient le visage triste, mais soulagé, de Rahim disparaître au loin.

Beaucoup plus tard, lorsque Nandini et Shobha Devi

sont arrivés à la gare, des gens les attendaient avec des insignes de la Croix-Rouge. L'un d'eux était infirmière. Ils sont montés à bord du train et ont été escortés jusqu'à un compartiment occupé par des travailleurs de la Croix-Rouge.

Le train sifflait et poussait vers l'avant. La mère et la fille, malgré leur traumatisme récent, ont protection magique autour d'eux que le train a pris de la vitesse et sifflé à travers la campagne, laissant derrière eux leur maison autrefois heureuse. Ils regardaient autour d'eux, l'infirmière et d'autres bénévoles dont les sourires réchauffaient leur cœur. Assurées par leur nouveau filet de sécurité, Nandini et sa mère ont enlevé les burkas et se sont serrés dans leurs bras.

Après avoir essuyé leurs larmes de chagrin et de soulagement, ils se sont tournés vers les fenêtres du train alors que leurs cœurs couraient de plus en plus vite avec l'incertitude de l'inconnu. Bien qu'encore engourdis par leur tragédie, ils ont trouvé du réconfort en se tenant la main. Comme la distance de leur maison a augmenté, ils ont crié à haute voix pour la première fois, mais il faudrait beaucoup de temps avant qu'ils ne trouvent la paix de leur douleur.

# 8

## Une maison aussi grande

## comme arrière-grand-mère

## Roma

Kajari, qui aimait passer du temps chez sa grand-mère, avait l'habitude d'attirer beaucoup d'attention de la part de ses grands-parents. Ils étaient ses conteurs et ses confidents.

La seule personne qui intriguait le plus Kajari était son arrière-grand-mère Roma du côté de sa mère, qui avait l'habitude de vivre avec ses propres grands-parents.

Kajari, neuf ans, n'en pouvait plus de la vieille femme qui a réussi à fasciner et charmer Kajari par son comportement élégant. Il y a une image que Kajari a de Roma jouant de la clarinette le soir dans sa chambre au deuxième étage de leur maison grandiose. Une route pavée incurvée menait à l'immense porte en bois , l'entrée de la maison.

L'année 1958 a été un moment paisible en Inde, onze ans après que l'Inde a revendiqué son indépendance. À bien des égards, l'élégance des Roms était parallèle à la maison où elle vivait. La maison d'État n'était qu'un petit joyau dans la grande ville de Kolkata, dans l'ouest du Bengale, en Inde, une ville cosmopolite réputée pour son art, sa culture et sa littérature.

Le rez-de-chaussée, la version indienne du premier étage, comprenait un large couloir couvert en mosaïque qui accueillé les participants. Sur le côté gauche du couloir se trouvait une cour.

Sur la droite il y avait des chambres ainsi qu'un salon et une chambre familiale.

La maison a été bénie avec des escaliers de chaque côté du couloir. Roma, vêtue de son sari blanc, préférait prendre l'escalier plus chic avec sa mosaïque noire et rose et ses larges marches, qui se courbent à l'étage menant à sa chambre au deuxième étage.

En entrant dans sa chambre, il y avait de grandes fenêtres et un sol en marbre blanc bordé de marbre noir. Roma scrutait sa chambre pour s'assurer que tout était bien gardé. Cette chambre avait un lit à baldaquin en bois avec une tête de lit décorée en acajou. Des poteaux en bois à chaque coin du lit ont été utilisés pour accrocher la moustiquaire la nuit. Le lit était toujours soigneusement fait, avec deux grands oreillers avec des couvertures en dentelle. Il y avait un ventilateur de plafond et des lumières décorées sur les murs.

Une table ovale avec un dessus en marbre flanqué de deux chaises en bois de chaque côté se tenait près d'une porte, ce qui a conduit à un balcon suspendu. La table était toujours remplie de livres, de journaux et de quotidiens. Après la promenade matinale des Roms, elle prendrait le quotidien et lisait quelques-unes des manchettes ainsi que la page éditoriale. Une bibliothèque avec portes coulissantes était d'un côté de la chambre près de la table ovale. La bibliothèque était remplie de livres en cuir.

Les classiques bengalis d'artistes littéraires notables comme Bankim Chandra, les recueils de chansons et le livre de poèmes de Rabidranath Tagore étaient tous là pour le plaisir de lecture des Roms et parfois, elle lisait quelques poèmes à haute voix, que quelqu'un écoute ou non.

De l'autre côté il y avait une armoire et une commode avec un miroir ovale, qui se vantait d'un cadre en bois sculpté et des compartiments en forme de boîte pour stocker les choses. Si Roma attendait un visiteur, elle vérifierait sa tenue vestimentaire et ses cheveux devant le miroir. Malgré l'âge des Roms, elle avait toujours l'air très élégante pour Kajari.

Kajari regardait avec fascination les Roms transformer l'habillage en forme d'art. La femme âgée mais élégante se drapait dans un sari blanc à bordure dorée et attachait ses longs cheveux dans un chignon. Le sari drapé sa tête était comme les rideaux blancs qui drapaient ses fenêtres. De chaque côté de sa tête se trouvaient des barrettes dorés parsemés de pierres précieuses pour maintenir le sari en place.

Debout de cinq pieds quatre pouces de haut, avec une peau de couleur olive, un nez pointu, des yeux noirs lumineux et un sourire royal, à Kajari, neuf ans, Roma ressemblait à une figure sculptée, comme une œuvre d'art elle-même. Quand elle jouait de la clarinette, les bracelets d'or sur sa main droite et l'anneau de diamant sur son annulaire gauche éblouissaient à chaque mouvement.

Les bruits de tintement des bracelets à l'arrière-plan fascinaient Kajari car elle imaginait un vieux château et une belle jeune princesse rembourrant délicatement ses petits pieds sur un sol en marbre alors que de minuscules cloches d'argent à son bracelet créaient un son mélodieux dans le couloir. *Elle faire son apparition peu de temps, Kajari pensé avec le souffle bated.*

Être la personne la plus âgée du côté maternel de Kajari de la famille a valu aux Roms l'honneur d'être affectueusement appelé «Bima». Née en 1886, Roma était l'une des quatre filles. Après avoir terminé ses études à la maison, Roma a été saluée pour son talent dans la musique et l'écriture. Elle avait un talent particulier pour l'écriture de poésie, qu'elle récitait en public et a été décerné par des poètes de renom qui vivaient à cette époque.

Quand Roma avait seize ans, elle épousa Atul, un beau

jeune homme de vingt-six ans, qui a terminé ses études de droit et a passé l'examen de la fonction publique indienne avant de devenir juge à la cour inférieure. Il a ensuite progressé à une position encore plus élevée plus tard dans la vie.

Parmi les nombreuses histoires que Kajari a entendues au sujet des Roms, l'une était sa préférée. Les Roms étaient secrétaires d'une organisation de femmes, où les femmes avaient l'habitude de travailler sur différents objets d'artisanat. L'organisation a aidé à autonomiser les femmes en les encourageant à parfaire leurs talents et à vendre leur artisanat, ce qui leur permettrait de trouver de l'argent. À son tour, cela a stimulé leur estime de soi.

Une autre histoire que Kajari a entendue concernait une jeune femme qui aidait les Roms à nettoyer la maison. La jeune femme est morte en accoucher, car la femme n'a jamais reçu de soins médicaux. Frustrée par le système, une Rom affligée a cherché à faire quelque chose, alors elle a décidé de se former pour être sage-femme, spécialisée dans la garde d'enfants, pour aider les personnes moins fortunées qui vivaient dans un bidonville. Cet acte; cependant, n'a pas été accueilli par la société, la famille et les amis. Roma a poursuivi son plan de toute façon et après sa formation, elle s'est rendue aux nécessiteux, les conseillant sur la façon de prendre soin de leurs bébés et de leurs jeunes enfants. Connaître cette noble dent a rendu Kajari encore plus amoureux des Roms.

Souvent, la petite fille regardait Roma assis près de la porte, menant au balcon suspendu où elle jouait quelques airs heureux avec sa clarinette. Ces mélodies ont parfois rendu Kajari triste et d'autres fois, joyeux.

« Bima, mon arrière-grand-père a-t-il joué de la clarinette avec toi ? »

— Oui, mon cher enfant, il jouait très bien et souvent, répondit Roma, semblant satisfait de l'intérêt de Kajari. «

Nous avons souvent eu des concerts privés chez nous avec nos amis musiciens. »

Elle a continué son histoire. « Il y a des années, à la fin de la journée, lorsque votre arrière-grand-père, Atul, revint du tribunal épuisé de ses tâches judiciaires, il disait : « Roms, prenons un peu de thé. » Héma, ta grand-mère, courait en entendant la voix de son père. Elle sautait sur ses genoux et lui donnait un énorme câlin, puis Atul continuait la conversation sur sa journée.

Il me disait: « Roma, j'ai eu une journée très épuisante. C'était une poursuite civile difficile et les avocats des deux côtés n'arrêtaient pas de continuer. J' essayais d'enlever son esprit de son stress et de parler de musique, donc je dirais: « Je veux pour vous faire savoir que j'ai organisé un dîner et un événement musical le vendredi soir chez nous. J'ai informé tous tes amis musiciens de venir jouer. Vous devriez jouer votre pièce, aussi. "

« Et votre arrière-grand-père répondait: « Oh, c'est génial! J'adorerais jouer une pièce sur ma clarinette. Qu'en est-il de vous? Ce à quoi j'ai répondu: « Oui, je vais jouer quelque chose, mais je n'ai pas encore décidé. "

Roma s'arrêta, lorgnant Kajari alors qu'elle continuait d'écouter son histoire. « Nous avions des amis qui jouaient d'autres instruments de musique qu'ils jouaient en groupe ensemble et individuellement dans notre maison. Le rassemblement musical est devenu un rassemblement mensuel.

Il doit encore y avoir tant de choses que je ne sais pas sur mon arrière-grand-mère, pensait Kajari. Elle est en effet une personne très spéciale et une arrière-grand-mère très spéciale.

Plus tard dans la vie, Roma, veuve, vivait avec sa fille unique, Hema, la grand-mère maternelle de Kajari. La routine quotidienne des Roms était intéressante. Elle se lève tôt, exécute ses rituels d'hygiène quotidiens, puis s'habille dans sa tenue élégante habituelle. Elle a ensuite appelé le portier pour lui demander si le chauffeur était arrivé alors qu'elle avait l'intention de sortir pour sa promenade matinale sur la rive du Gange.

Roma demanda alors à Kajari : « Voulez-vous y aller un de ces jours ? »

« J'adorerais faire un tour avec vous! » Kajari répondit avec enthousiasme.

Kajari accompagnait les Roms à plusieurs reprises chaque fois qu'elle visitait la maison de sa grand-mère. Pour Kajari, les promenades matinales ont été très amusantes, car elle a vu les vues et les sons des rues de Kolkata. Les gros tuyaux utilisés pour laver les rues ont fait des bruits de whooshing quand l'eau est venue se précipiter dehors. Pendant ce temps, une partie de la ville se réveillait; les commerçants se préparaient à l'ouverture de leurs magasins. La voiture dans laquelle ils se trouvaient passait devant les quartiers d'habitation et aller zigzaguer et tisser à travers Park Circus et le quartier de Chowrangee où il y avait des magasins et des restaurants, puis passer le Victoria Memorial, un imposant, énorme bâtiment en marbre avec un jardin, construit pendant la domination britannique.

À l'intérieur du bâtiment abritait des artefacts du règne de la reine Victoria. Kajari et Roma avaient l'habitude de prendre la route avec des avenues de grands arbres, puis passé un grand espace ouvert avec de l'herbe verte, puis ils seraient conduits le long d'une route menant à la rive du Gange. La voiture s'arrêtait et Roma et un Kajari excité sortaient de la voiture et commettaient leur promenade tranquille. La rivière était pleine, de rive en rive, et les pêcheurs étaient à côté de leurs bateaux. Il y avait un bateau à vapeur, qui a soudainement sifflé. Le soleil est sorti à travers un nuage qui passait et a coloré la rivière rouge rosé. Les ondulations touchées avec du rouge, dansaient continuellement. La brise fraîche et la tranquillité les rafraîchissaient complètement et peu de temps après, il était temps de rentrer chez eux.

« Allons-nous nous arrêter à Flurry pour quelques pâtisseries et galettes sur le chemin du retour? » Roma a demandé à Kajari, qui rayonnait et a dit: « Oui!

Ils sont rentrés à la maison avec les goodies et en un rien de temps, après s'être installés un peu après leur excursion, Kajari a commencé à dévorer les friandises. Roma aurait un bol de Muri (riz soufflé) avec du lait et une banane et une tasse de thé. Alors que la vapeur de la tasse de thé chaude tourbillonnait, Kajari demanda aux Roms de raconter une autre histoire enchanteresse de son passé.

Roma s'assit et rumina sur sa tasse de thé. Elle a raconté l'époque où elle a organisé un groupe de femmes pour marcher sur la place de la ville où elle vivait. Là, ils brûlaient les vêtements importés d'un moulin de Manchester en Angleterre. Les vêtements d'outre-mer ont débordé le marché, menaçant la valeur des marchandises indiennes, qui ont été presque interdites. Les tisserands indiens ont été torturés et il y avait des endroits où les pouces des tisserands ont été amputés.

En tant qu'épouse d'un juge de renom, les Roms ont dû subir beaucoup d'agonie pour organiser cette manifestation pacifique. Elle pensait qu'il était moralement juste de le faire. Les femmes de cette localité se sont rassemblées autour et ont porté le drapeau national conçu à cette époque.

Rivé par cette dernière histoire, Kajari a demandé: « Il ya combien de temps était-ce, Bima? »

« Les dates ne sont pas importantes en ce moment car vous oublierez, mais n'oubliez pas qu'il s'agit d'une véritable histoire fascinante, mon cher enfant », a répondu Roma en prenant une grande respiration. Elle a continué.

Elle a dit à Kajari qu'elle a pris un risque énorme menant

la charge des femmes dans le cortège sur la place de la ville, se souvenant de ce que c'était que de prendre part à l'escapade audacieuse comme si c'était seulement hier.

« Les Britanniques ont quitté l'Inde ! Les Britanniques quittent l'Inde ! Elle se souvenait avoir crié avec le groupe. « Gloire à mère Inde! »

Ils sont venus sur la place de la ville pacifiquement pendant que la police les suivait. Ils se sont arrêtés sur la place de la ville et ont commencé à brûler les vêtements des Moulins de Manchester. La police britannique les a accusés de leurs matraques, la police montée à cheval a tenté de les disperser. Une après l'autre, les femmes sont tombées par terre alors que le sang des blessés taché la route.

Roma est tombé sur le sol en tenant son drapeau national haut. Malgré toute son agonie, elle cria: « Les Britanniques ont quitté l'Inde! Bande Mataram! » Elle a été secourue par les services médicaux d'urgence, tout comme les autres femmes. De nombreux manifestants pacifiques ont été incarcérés pendant quelques mois. Le mouvement a continué comme une étincelle de feu de forêt d'une ville à l'autre.

Elle s'arrêta, prit une grande respiration alors qu'elle retourdait à nos jours. Les yeux de Kajari brillaient, envisageant ce récit passionné d'un événement historique très émouvant.

« C'est tout pour aujourd'hui », a déclaré un Rom émotionnellement fatigué.

Bien que Kajari ait été déçue par la fin soudaine de son arrière-grand-mère à son histoire, elle a dû se demander : « Mon arrière-grand-père a-t-il dit quelque chose sur ce que vous avez fait ? »

« Oui, il est allé à l'hôpital et a pris soin de nous et nous a libérés de prison », a déclaré Roma. « Plus tard, il m'a félicité pour mon courage et m'a félicité d'avoir protesté contre une cause que je croyais erronée. »

Kajari regarda dehors. Un arbre se baladait d'une douce brise alors que les fleurs rouges en fleurs regardaient à travers les branches. Kajari a été surpris, imaginant les blessures saignantes des Roms. Elle est revenue à ce moment-là et à cet espace particuliers, alarmée mais fière d'imaginer « saigner la grand-mère ». Le cœur de Kajari a commencé à battre avec enthousiasme pour être honoré comme un arrière-petit-enfant de cette dame courageuse.

Elle a tendu la main aux Roms et l'a étreinte.

« Je suis si fière que tu es mon arrière-grand-mère », a dit Kajari en s'accro tenant bon. « Je suis la fille la plus chanceuse du monde. »

# 9

# Le lever de soleil sensationnel

Par une matinée claire et croustillante, Bithi et sa petite sœur, Jimki, ont commencé leur voyage de Kolkata, une grande ville du Bengale occidental, en Inde, à Darljeeling avec leur mère et son groupe d'amis. Darjeeling était un lieu de vacances populaire, une ville pittoresque dans la partie nord de l'État du Bengale au pied de l'Himalaya. Octobre 1960 s'est avéré être, plus ou moins, une période paisible , il avait été treize ans depuis l'Inde a obtenu l'indépendance des Britanniques.

Leur mère Renuka avait l'intention d'assister à une conférence où des sénateurs locaux d'une autre partie du Bengale occidental rencontraient le ministre en chef du Bengale. Plusieurs questions étaient à l'ordre du jour, telles que l'éducation des adultes, la garde d'enfants et la maternité. L'implication de Renuka dans plusieurs organismes bénévoles lui a valu une invitation à la conférence.

Bithi, la sœur aînée, avait douze ans et Jimki sept. Tous deux étaient très excités lorsqu'ils parlaient de leur destination, disant à leurs amis et cousins qu'ils allaient à Darjeeling. Ils étaient fiers de dire à leurs professeurs que leur mère assistait à la conférence et qu'ils les emmenaient avec elle. Leur père les accompagna à la gare pour leur dire au revoir. Bientôt, ils se joignirent aux autres membres du groupe qui comprenait des sénateurs et des professeurs.

Le groupe est arrivé un peu tôt à la gare pour constater que le train était prêt pour l'embarquement. Le compartiment de taille moyenne pouvait accueillir six d'entre eux, un groupe de deux enfants et quatre adultes. La machine à vapeur sifflait, les roues tourna avec un bruit de voyou-voyou-voyou que le train a commencé lentement, puis progressivement atteint sa vitesse. Bithi et Jimki ont vu leur père agiter son mouchoir jusqu'à ce que sa silhouette devienne de plus en plus petite et qu'il disparaisse en arrière-plan.

Les sœurs excitées et heureuses ont été le centre d'attention, offrant une distraction accueillante pour les adultes que les amis de Renuka tous réchauffé à Bithi et Jimki. L'un d'eux a demandé: « Allez-vous être heureux de passer du temps avec nous? Nous sommes ravis que vous deux jeunes vous joigniez à nous. C'est génial de pouvoir rattraper notre retard, car nous n'avons pas souvent le temps de discuter car nous sommes toujours pressés. Nous pouvons donc parler de votre vie scolaire, de vos amis et d'autres activités dans laquelle vous participez.

Les sœurs étaient très heureuses que les adultes s'intéressent tant à leur vie, qui comprenait des cours de danse et des événements sportifs.

« J'aime beaucoup l'école parce que j'ai tellement d'amis qui aiment aussi danser et faire du sport », a déclaré Bithi.

« Mes amis, Sucheta et Chitra, et notre professeur Mme Folger fait une robe pour moi qui ressemble à un dahlia pour une pièce que nous serons à l'école », a déclaré Jimki, avec enthousiasme.

« C'est merveilleux », a déclaré Pratima, l'une des éducatrices.

Bithi a adoré le bruit du train car il se baladait d'un côté à l'autre. Lorsque le sifflet du train a sonné, un Bithi excité s'est exclamé à sa sœur: « Oh, quel plaisir! Nous allons dans une terre mystérieuse. Une fois que le train était sur

132

son chemin joyeux, les filles se sont installées avec Jimki occupé avec son livre de coloriage et Bithi écrit dans son journal.

Le compartiment du train était exclusif et luxueux, avec beaucoup d'espace entre les couchettes de couchage, et en vedette marron sièges coussinés, en cuir. Des rideaux de dentelle transparents sur les fenêtres ont été tirés avec des cordes assorties. La porte de la salle de bain avait également des rideaux et il y avait une douche et une petite zone avec une commode pour les cosmétiques.

« Le dîner va être servi dans notre compartiment », a annoncé Mère Renuka. Ces mots étaient de la musique aux oreilles de Bithi. Un homme charmant et soigneusement vêtu d'un turban décoré apparut peu de temps après et prit leurs ordres. En moins d'une demi-heure, le dîner est arrivé.

Les tables sous les sièges ont été retirées et une nappe blanche, des serviettes brodées et de l'argenterie ont rapidement brillé sur les tables décorées. Quand ils ont terminé le dîner, des lits ont été faits, et les sœurs sont allées à leurs couchettes allouées pour prendre leur retraite. Le train traversa la nuit noire d'un sifflement strident comme s'il avertissait la nuit noire : « Me voilà. » Lentement, les yeux de Bithi et Jimki devenait de plus en plus lourds et ils s'endormissaient.

Quelques heures paisibles roulé par jusqu'à ce que tout à coup, Bithi entendu quelques voix et il semblait que le train était sur le point de s'arrêter, sorte de secousses sur son chemin. Bithi et Jimki ont vu leur mère tirant la chaîne difficile d'arrêter le train et, dans cet acte, elle a été presque suspendue dans les airs. Il a fallu un peu de temps pour comprendre que certains intrus essayaient de s'entrer par effraction dans leur compartiment. Pendant ce temps, les amis de Renuka ont fait tout ce qu'ils pouvaient pour empêcher les voleurs de venir à l'intérieur du compartiment.

L'une des amies tenait un bâton de canne à sucre qu'elle avait acheté à la station Howrah où ils ont commencé. Elle a dit en plaisantant alors: « Si nécessaire, cela aidera à discipliner quelqu'un. » Elle a procédé à l'utiliser pour frapper et piquer l'un des intrus.

Un autre ami a pris une vadrouille sale et malodorante laissée par un concierge de train par erreur et l'a placé au-dessus du visage d'un autre intrus.

Pratima, une autre amie, a dirigé le talon pointu de sa chaussure pour frapper le coup droit du voleur qui tenait fermement la fenêtre du compartiment alors qu'il tentait d'entrer. Bithi vit l'élégante bague de Pratima éblouir de lumière alors qu'elle levait la main pour frapper l'intrus.

C'était très amusant que les voleurs chantaient et rimaient dans leur langue alors qu'ils essayaient d'entrer. Bithi se souvenait de les avoir entendus chanter: Le train va voyou, voyou, voyou / Nous allons étreindre, étreindre et étreindre / Prendre les boîtes un par un / Et puis nous allons courir, courir et courir.

Les deux sœurs ont été choquées de voir le pandémonium augmenter. Leurs doigts et leurs orteils étaient froids avec effroi. Jimki tenait Bithi serré et ses yeux se vautrer en larmes.

Le train s'est arrêté et a commencé à siffler presque continuellement. Les voitures de police ont soufflé leurs sirènes, un policier et le garde sont venus dans le compartiment et ont assuré Renuka et ses amis qu'ils avaient capturé deux des voleurs, mais l'un d'eux a pris la fuite. Les policiers ont promis qu'ils resteraient dans le train jusqu'à ce qu'il atteigne sa destination.

Ils étaient en sécurité. L'incident s'était terminé aussi soudainement qu'il a commencé. Se sentant rassurés de leur sécurité, Renuka et ses amis ont étreint Bithi et Jimki en leur assurant qu'ils allaient arriver à destination bientôt et en toute sécurité.

Le train a commencé et a rapidement atteint la gare suivante, Shiliguri, une petite ville sur la montagne entourée de pins. Là, ils ont changé de train et ont pris un train à voie étroite à la gare de Darjeeling. Le train a commencé son ascension vers une altitude plus élevée. Le train, tournant et se tordant comme un serpent, semblait être un jouet comme il a grimpé la montagne. Il allait de l'avant et puis tout à coup pousser vers l'arrière. Bithi et Jimki ont pensé que cette première expérience était assez amusant.

Les filles excitées ont atteint leurs mains par la fenêtre du train comme si elles pouvaient toucher le paysage remarquablement unique. Les pins de la forêt rayonnait d'un vert vif. Les chaînes de montagnes planaient au-dessus comme si l'on pouvait les atteindre et les toucher, mais alors les montagnes se retiraient soudainement, agitant au revoir. En arrière-plan, les grillons sérénade en permanence. Les ruisseaux coulaient avec leurs courants d'eau, glissant à travers le Roches. Cascades idylliques avec arcs-en-ciel en cascade le long de leur propre chemin naturel.

Enfin, le groupe est arrivé à destination d'une belle maison avec un jardin environnant, où ils ont été accueillis par un homme d'âge moyen en tenue décontractée. Jimki est sorti en courant pour voir un chaton espiègle sur l'herbe humide amortie par l'air brumeux et brumeux. La hauteur des pins verts à l'arrière-plan a fait ressembler la maison à un chalet dans une forêt. Pendant la période coloniale britannique, la maison en bois servait de résidence d'été à un juge de la haute cour britannique. Bithi était intéressé à faire un tour autour des quartiers d'habitation.

Les planchers en bois à l'intérieur étaient accentués avec des tapis indiens décoratifs. Un escalier en colimaçon menait à des chambres qui abritaient un décor élégant qui avait un peu de style cottage de campagne anglais. Les fenêtres étaient accentuées par des volets en verre et en bois. De la fenêtre, Bithi a vu les habitations de la population locale un peu plus haut. Puis il y a eu à nouveau des pins verts et, à une altitude légèrement plus élevée, des rangées du même type d'habitations. Encore plus loin, elle vit la montagne enneigée. Bithi ne pouvait pas croire qu'elle regardait les sommets majestueux de Kachanjungha.

Les maisons étaient dans un état de délabrement avec des escaliers en bois décolorés susceptibles de se briser. Le paysage et les sites touristiques des habitations de la population locale lui ont donné l'impression que le magnifique paysage était esquissé par un ancien cadre décoloré. Elle se sentait triste à la vue de la logements des résidents locaux. Quelqu'un devrait faire quelque chose pour améliorer leur situation, pensait-elle. Je devrais demander à ma mère.

Renuka a appelé ses filles: « Nous allons avoir notre dîner tôt. On doit se lever tôt le matin. Nous nous préparerons à trois heures du .m, dit-elle, nous allons à Tiger Hill pour regarder le lever du soleil.

Le lendemain matin, le groupe s'est regroupé et a pris quelques couvertures supplémentaires ainsi. Le break a commencé à klaxonner tôt et tôt, et le groupe est monté à bord du wagon conduit par un homme nommé Tej Bahadur. Le break a commencé à grimper le chemin sinueux; il faisait sombre et froid. Parfois, l'ascension a été lente, mais la plupart du temps, il a accéléré le long régulièrement. Le chemin était si étroit qu'on avait l'impression qu'une roue était presque à l'extérieur de la route. L'obscurité se déplaçait rétrograde comme une feuille noire continue comme ils ont poussé vers l'avant.

M. Bahadur a amené le groupe à destination de la célèbre Tiger Hill. Il connaissait bien la région, donc il a souligné un endroit d'où nous pouvions le voir le mieux. Il y avait d'autres personnes en dehors de ce groupe, toutes prêtes à voir le lever du soleil. Le groupe de Renuka s'est rapproché et impatient et a mis des couvertures autour d'eux car il faisait très froid.

L'obscurité de la soirée décoloration lentement transformé en lumière du petit matin, il y avait une lueur à l'horizon. Soudain, les nuages et le brouillard ont commencé à imprégner une teinte orange. Le brouillard et les nuages passaient très près; les filles pouvaient sentir la touche humide cool de celui-ci sur son visage.

Les rayons de lumière de l'horizon est glissaient le long des sommets de Kanchanjungha. Il a voyagé à travers la brume et percé la forêt de pins et est venu autour. Bithi et Jimki étaient excités de le toucher et se sont rendu compte que l'on ne pouvait pas le faire, il suffit de profiter et de sentir la sensation de joie et d'émerveillement dans leur cœur.

Les rayons du soleil ont commencé à jouer leur ouverture victorieuse. Tout le monde était sous un charme. Il semblait comme une éternité, où le temps ne bougeait pas. Bithi ne voulait pas qu'il bouge, c'était tellement beau. Les gens criaient à haute voix: « Le vert! La violette ! L'orange ! Le bleu et le rouge! Le soleil se leva lentement et glorieusement au-delà de Kanchanjungha. Le magnifique pic enneigé est progressivement passé de l'orange au rouge.

L'ouverture des couleurs a joué et les a entourés; ils étaient enveloppés par une rivière de couleurs flottantes. Certaines personnes chantaient à la gloire de la nature à partir d'un célèbre poème tagore. Certains chantaient des hymnes sanskrit au soleil et offraient des prières. Les montagnes faisaient écho à leurs chants à la gloire du soleil. Les oiseaux ont commencé à gazouiller, tandis que la pinède murmurait un chant sincère à la gloire de la nature.

Pendant ce temps, la lumière du soleil saupoudrait la couleur dorée jusqu'aux sommets de Kachanjungha. Il a commencé à éblouir comme de l'or réel. Tout le monde était sans voix et émerveillé. La paix et la tranquillité ont renforcé leurs sens. Bithi regarda ce lever de soleil sensationnel. Elle se tenait immobile, complètement perdue dans son imagination dans un pays inconnu, flottant dans les profondeurs intemporelles de l'éternité.

# 10

## Un conte avant Halloween

La soirée a été remplie d'anticipation de la pluie, avec la brise fraîche chuchotant à travers les feuilles des chênes vivants. C'était juste avant Halloween.

Je terminais en accrochant mes décorations chaque année comme mon voisin Chris m'a remarqué.

« J'aime votre enthousiasme toute l'année pour la fête », a-t-elle plaisanté. « Est-ce que les gens célèbrent Halloween en Inde? »

J'ai souri. —Non, pas vraiment, mais nous avons une journée au Bengale avant Diwali connue sous le nom de Bhut Chaturdashi,répondis-je. « C'est presque la même période de l'année qu'Halloween. »

Chris s'est enquis plus loin sur les vacances, donc je me suis senti honoré de partager la coutume, même si je savais que ce serait un défi.

« Ceux qui ne viennent pas d'Inde peuvent trouver les vacances difficiles à saisir, mais je vais essayer de faire de mon mieux pour l'expliquer. » J'ai demandé à Chris de s'asseoir sur le banc du porche alors que je m'asseyait en face d'elle. Elle a attendu que je commence.

«Bhut,dis-je, signifie fantôme, mais littéralement cela signifie « le passé ». Chaturdashi  est le 14ème jour de la nouvelle phase lunaire; c'est-à-dire que le 15ème jour est la nouvelle lune.

« Nous avons mis quatorze bougies à différents coins

de la maison et de préparer un type spécial de plat avec quatorze différents légumes verts avec d'autres plats. Ensuite, nous nous asseyons et discutons avec nos familles, parlons de choses effrayantes et partageons des histoires de fantômes.

« C'est une coutume intéressante à partager et je suis impatient d'en savoir plus, a répondu Chris.

Je me suis retrouvé à faire tourner un conte tissé de souvenirs d'événements passés de mon enfance. J'ai parlé à Chris des choses qui me faisaient peur, comme des créatures effrayantes comme des serpents, des mille-pattes et des araignées, et des choses imaginaires comme les fantômes et les esprits. Quand nous étions jeunes, ma meilleure amie Amita et moi avons parlé de ces créatures effrayantes et mystérieuses en peau de serpent. Ils étaient toujours dans nos histoires mythologiques, comme celle sur Vishnu, l'énergie suprême, qui rêvait de l'Univers sur un lit fait du corps d'un gros serpent vivant nommé Adishesa. Amita et moi avons discuté de ce que ça ferait de s'allonger sur un lit fait du corps d'un gros serpent vivant. Nous avons eu envie de vomir comme nous l'imaginions le corps visqueux avec des écailles.

« Ce sont de vraies créatures et si par erreur vous marchez sur eux, ils vont mordre et vous mourrez dans un court laps de temps si vous n'êtes pas pris en charge correctement, j'ai dit Chris.

« Avez-vous vu un serpent vivant courir ou ramper? » Chris m'a demandé.

J'ai hoché la tête. « J'ai vu un serpent courir autour d'un champ comme une vague au-delà du bungalow de la maison de vacances de mon grand-père où nous sommes allés pour un siège. C'était le roi Cobra, dont le corps est gris argenté avec quelques points noirs répartis sur son long corps. J'ai frissonné. « Quand il brillait, il ressemblait à un flux de couleur argentée de gracieusement glisser l'eau. Ces créatures peuvent se tenir debout et se faner la tête et si vous êtes sur leur chemin, elles vous mordent et vous êtes bannis dans l'autre monde.

Chris haleta. « Qu'arrive-t-il aux gens qui y vont? »

J'ai secoué la tête. « Que je ne sais pas. Les gens tribaux ont battu le serpent à mort comme ils pensaient que ce serpent allait sûrement attaquer quelqu'un. Ils ont traîné le long corps du serpent mort et lui ont coupé la tête pour enlever le poison des crocs. Le reste du corps était utilisé pour cuisiner et manger.

Chris frissonna. « C'est dégoûtant. »

Mon propre corps rempli de chair de poule se souvenant de l'événement.

J'ai pensé à une autre histoire que je connaissais sur un bon serpent, celui qui fanned sa tête comme un parapluie et protégé un prince d'une tempête dans une forêt. Cette forêt était maudite et la tempête commencerait si quelqu'un s'y aventurait — c'était une forêt que le Prince était destiné à traverser alors qu'il cherchait une grotte sur la montagne, qui détenait un trésor que ses grands-parents lui avaient laissé.

Au milieu de la tempête soudaine, le Prince, le serpent a donné au Prince un joyau lumineux de sa tête, assurant la sécurité du Prince. Sachant que le joyau avait le pouvoir de protéger le Prince du mal quand il en avait besoin, le serpent disparut.

Chris était très heureux d'entendre ces histoires, mais a dû dire au revoir pour prendre soin des choses chez elle. J'ai fini de mettre en place le reste des décorations, très heureux de ce que j'ai arpenté en face de moi: citrouilles avec des visages, un squelette suspendu sur ma porte d'entrée, les toiles d'araignée et des araignées partout dans mes plantes en pot. Convaincu que tout l'effet était assez effrayant, je suis retourné à l'intérieur.

J'ai regardé l'horloge, c'était presque l'heure du coucher.

141

Comme les éclairs de l'histoire continuellement forgé leur chemin vers moi, je suis devenu maîtrisé par un moment magique. Mes yeux lourds ont commencé à se concentrer sur tout ce qui m'en mariait loin et avec une force inconnue. Soudain, j'avais dix ans. J'ai été poussé vers l'avant vers un endroit qui était hors de mon contrôle et j'ai continué à voyager jusqu'à ce que je me suis arrêté devant un être mystérieux vêtu d'une tenue d'argent. L'Être ressemblait à un astronaute et en quelque sorte j'ai supposé que c'était le Prince dans l'histoire dans sa quête de l'inconnu.

En le regardant, il a pris note de ma présence, mais ne m'a pas immédiatement engagé. Je me suis retrouvé très proche de lui, presque attaché à lui. Il s'est finalement tourné vers moi et m'a dit : « Allons-y, tu es mon ombre. »

Mes sourcils sillonné que je réfléchissais au concept. J'étais son ombre ? Comment cela a-t-il été possible?

— C'est intéressant, répondis-je, mes pensées circulant encore, essayant de digérer la réalité, ou dans ce cas, la « surréalité » de cette rencontre au début de notre voyage.

J'ai vu cet Être, que je ne pouvais pas tout à fait discerner était humain ou quelque chose de tout à fait différent - mis sur un couvre-chef avec des saillies ailés de chaque côté et placer deux chevilles d'or épais sur ses chevilles. Il m'a demandé de suivre. Il planait brièvement au-dessus du sol, puis nous sommes partis.

J'ai remarqué comment les champs verts et les maisons se déplaçaient plus bas, tandis que nous nous sommes déplacés vers le haut. Les oiseaux ont survolé nous pour inspecter quel genre de créatures nous W que la brise froide percé ugh nous et nous nous sommes déplacés plus haut à travers les nuages. Je n'ai senti aucun mouvement. J'avais l'impression d'être suspendus dans les nuages, qui étaient comme des boules de coton moelleux ci-dessous.

« Ombre, allez-vous bien? »

— Je ne suis pas une ombre, répondis-je. « Je suis une fille de 10 ans. »

Il a ri. « Ok, alors vous êtes une petite fille sombre. »

Je lui ai demandé où il allait et quelle était sa mission et il n'a pas fourni de réponse précise. —Vous le saz bien assez tôt, dit-il. J'étais hébété, prêt à ouvrir les yeux pleinement, mais ne pouvait pas. Au bout d'un moment, j'ai senti que nous descendions en spirale.

En bas, toute la vaste zone verte a été progressivement à venir en vue que mes yeux se concentraient sur les champs verts, une rivière, des collines et des montagnes avec des prairies. Il y avait de beaux grands arbres verts et des arbustes en fleurs qui poussent partout. Les maisons dans ce paysage ressemblaient à Toyland pendant les vacances.

Comme je ne connaissais pas le nom de l'Être qui insistait pour m'accompagner, j'ai décidé de l'appeler Man Without a Namc— MWN, pour faire court. Pour une raison quelconque, j'ai senti que c'était un homme.

MWN m'a adressé le titre que je n'avais pas encore pris l'habitude. « L'ombre, dit-il, les gens de cette région sont très heureux et pacifiques et ils s'entraident. Ils font leurs propres règles et règlements et les suivent strictement. Ils choisissent quelqu'un pour être le leader qui doit suivre les règles établies par le peuple. Cet endroit ou ce monde particulier s'appelle Sujhan.

J'ai secoué la tête. Rien n'avait de sens. Quel genre de leader devait suivre les règles établies par le peuple? Qu'est-il arrivé à « Suivez le leader? » J'avais l'désir de casser cette blague à MWN, mais j'ai douté qu'il l'aurait.

« Ont-ils jour et nuit et des saisons comme nous l'avons sur Terre? » J'ai demandé.

« Oui, mais ils sont baignés par un soleil et une lune différents dans un système planétaire différent », a répondu MWN. Ma tête n'a pas réussi à trouver une explication sur la façon dont je suis venu à un autre système planétaire. Entre-temps, nous avons atterri dans un endroit où il y avait des avions qui ressemblaient à des traîneaux décorés.

MWN a été accueilli et accompagné de plusieurs personnes vêtues de longues tenues colorées en satin décorées de paillettes et de bijoux. Les belles femmes portaient leur longs cheveux noirs dans un chignon avec des fleurs fraîches autour d'elle. Leurs robes colorées avaient plissé jupes fluides et leurs hauts ont été ornés soit d'écharpes fluides autour de leurs épaules ou un voile décoré sur leurs têtes. Chaque femme était ornée de bijoux différents et de boucles d'oreilles dorées pendantes, parsemées de pierres précieuses de différentes tailles. Ils ressemblaient aux peintures rupestraux d'Ajanta que j'ai vu une fois dans un livre d'images à notre maison.

Encore confus au sujet de mon rôle d'«ombre », j'ai suivi MWN, qui s'est avéré être un guide capable, à un grand manoir qui semblait appartenir à une personne célèbre et importante.

Je n'avais aucun doute que je serais là avec lui.

Nous avons été dirigés par un groupe de personnes habillées de façon colorée en satin que nous sommes passés par différentes structures en forme d'arc qui présentait lustres de différentes tailles et formes. Les sols en mosaïque étaient ornés de copeaux de pierre multicolores. Nous sommes arrivés à une grande chambre où de chaque côté il y avait des piliers décorés. Au milieu de la chambre se trouvaient des bandes de tapis de soie brodé s'érigé de matériaux qui s'entaient de l'entrée de la chambre à une large grande structure en quelque sorte où un homme était assis. Je le considérais comme beau et accessible quand il nous a accueillis avec le sourire et a montré un empressement à écouter MWN. Puis il a appelé quelques autres personnes, pointant vers une carte et dirigeant

MWN comment procéder. L'homme, qui semblait être le leader, a dit qu'il nous aiderait à voyager jusqu'à la fin de son monde et de celui de son peuple.

— Au bord, dit le leader, il y a une grande montagne où vous entrez par une grotte. Vous trouverez un tunnel qui est alimenté avec une force invisible qui vous attirera vers le bas. Lorsque vous atteignez le fond il y aura une ouverture et puis vous vous sentirez un état soudain de vide. Il faut agir avec confiance à travers ce néant », a déclaré le leader.

Il y a eu un moment de silence alors que je me suis pris en train de retenir mon souffle.

— Si vous échouez, vous êtes condamnés, personne ne vous trouvera jamais, dit le Leader, les yeux rivés sur moi. « Au-delà, il y a un autre monde, le monde de Not Human. »

J'ai réfléchi à ce que le leader a dit. Il a continué. « Les habitants de ce monde sont humains, mais différents. Ils ressemblent à des humains de l'extérieur, mais ils sont cruels et durs comme une pierre. Ils n'ont pas de sentiments. J'ai frissonné pendant que le Leader continuait. Il a averti que le Non Humain avait évolué pour être toujours méfiant, antagoniste, jaloux et égoïste. Parfois, ils ont montré qu'ils étaient gentils. Ce n'était qu'une tactique dangereuse.

« Ces créatures vous attirent, puis ils vous piègent et vous serrent mentalement et physiquement jusqu'à ce que vous subissiez la torture qu'ils aiment administrer », a déclaré le chef. « Personne d'autres mondes n'ose entrer dans leur monde. »

« J'ai une mission », a-t-il déclaré. « En tant que messager du temps, je sais que les événements doivent continuer à se dérouler. Votre honneur, je voudrais vous rappeler que le temps est une chose cruciale qui apporte des changements dans l'Univers. C'est comme une rivière qui coule — elle doit couler; donc s'il y a un bloc ou obstacle le flux ne se fera pas. Le temps sélectionne au hasard des parties de son corps fluide pour créer des messagers et des formes comme nous et les envoie à différentes parties de l'Univers », a poursuivi MWN. « Après avoir terminé notre travail, nous allons nous unir avec le temps lui-même, l'entité qui coule, et nous sommes heureux. Pour nous, c'est notre maison.

Je me tenais à l'écoute que MWN a continué à expliquer.

« Le temps dans le monde de Not Human, où l'un de nos messagers est pris au piège, ne se déplace pas en douceur. Les gens là-bas sont stagnants et froids, se déplaçant tour et autour avec leurs vices », at-il dit.

Le leader a ensuite pris la parole. « Les gens doivent se rendre compte que ce qu'ils font n'est pas juste et que le changement viendra. Je vous souhaite tout le meilleur pour vos efforts pour libérer votre messager piégé. Nous honorons toutes les créatures : lions, tigres, renards, éléphants, serpents et oiseaux. Nous vivons tous dans une coexistence pacifique et toutes les créatures reçoivent le plus grand respect de notre part. Vous êtes les bienvenus pour traverser à nouveau notre monde, si vous survivez à votre quête.

À ce moment-là, j'ai réalisé à quel point j'avais été jeté au milieu d'une grande mission et j'ai commencé à me demander pourquoi je suis ici.

— Ombre, j'ai besoin de toi, c'est pour ça que tu es là, me dit soudain MWN en lisant mes pensées.

Toujours surpris qu'il savait ce que je pensais, j'ai répondu: « Si je ne suis qu'une ombre, comme vous le dites, il n'y a rien d'utile en moi. Je suis une ombre avec une dimension. Pour autant que je sache, les ombres dans mon monde, à moins, servi, mais un seul but: à suivre. Une ombre, je l'ai raisonné, n'était pas un leader né.

MWN m'a regardé. « Arrêtez de parler comme ça. Vous

êtes certainement multidimensionnel. Sinon, vous ne seriez pas ici.

Notre voyage vers l'inconnu s'est poursuivi. Quoi que le chef de Sujhan ait mentionné, nous avons rencontré, malgré la grotte sombre, des lumières faibles pouvaient être vues au loin, nous montrant notre chemin. La source des lumières qui nous guidaient provenait de bijoux sur la tête des serpents, mais je ne craignais pas les serpents et je ne voyais que la lumière.

Oh, quel tour nous avons pris dans le tunnel sombre que nous avons été poussés et tirés et pressés comme des élastiques. J'étais attaché à MWN et était plus léger, donc cette force de poussée et de traction n'était pas tellement sur moi. Je me suis souvenu comment mon père m'a dit un jour qu'il y avait des trous ou des tunnels dans lesquels le temps pouvait se perdre. Oh non, que se passera-t-il si MWN, le messager du temps, se perd ? J'ai frissonné.

Avec le temps, nous avons atteint le fond et tout à coup j'ai entendu un cri. MWN a réussi à se sortir. Puis il y avait le néant. Soudain, j'étais en face de MWN. Il se m'est mis à crier : « N'allez pas devant ! Suivez-moi!

J'étais confus, le suppliant silencieusement d'arrêter de crier. Je n'ai aucun contrôle », pensais-je. Je suis vraiment une ombre.

Nous sommes entrés dans le néant, mais il semblait être une entité spongieux, sombre, gluant. Nous avons pagayé dur sur la substance moussée et avec beaucoup d'efforts nous avons gardé à flot jusqu'à ce que nous sommes venus sur un rivage. Enfin, nous avons atteint la terre de Not Human. « Pourquoi je suis ici quel est mon rôle? »

MWN a répondu: « Je vais vous le faire savoir bientôt. » J'ai soupiré, mais je n'ai pas pu détecter l'expression sur le visage stoïque de l'Être.

« Je vais me changer en particules simples, m'a dit MWN.

Il a dû voir le regard choqué sur mon visage. « Quoi et comment faites-vous cela? Quelle sera mon existence?

MWN semblait maintenant très désireux de répondre à ma question comme il leva la main, signalant l'importance de ce qu'il était sur le point de dire. « Vous serez aussi un fantôme de particules obscures. J'ai dit ce que je peux à ce sujet, car c'est bien au-delà de votre compréhension. Maintenant que vous avez vu l'endroit, vous pouvez dire que c'est un autre monde!

J'ai vu ce qui m'était devant moi : des arbres, de l'herbe, des montagnes et des vallées débordantes de vert à perte de vue. Ils ressemblaient beaucoup au monde d'où je viens, mais ils semblaient miroiter d'une lumière étrange.

« Nous devons monter la montagne », m'a dit MWN. Au fur et à mesure que nous avançait, j'ai observé que le MWN deviendrait un amas de particules et je deviens des particules fantômes, comme MWN l'avait dit. Nous avons avancé vers le haut de la montagne et d'atteindre un grand château. Les gardes armés féroces là-bas surveillaient la zone devant les portes automatiques de fer.

Les gardes ne pouvaient pas nous voir, car nous étions un amas de particules; mais leurs moniteurs ont montré un certain bruit de fond, ils ne pouvaient pas comprendre la source de celui-ci. Nous avons plané autour brièvement, puis est entré.

Les gens là-bas étaient très sérieux, avec des expressions d'anxiété et de peur sur leurs visages. Certains ont grincé des dents, d'autres ont serré les mâchoires et ont pris de courtes respirations. Nous avons poussé vers l'avant. Nous sommes tombés sur deux personnes qui se disputaient, toutes deux antagonistes. Tout d'un coup, un garde armé est venu et a commencé à leur donner des coups de pied.

Oui, je suis un amas de particules fantômes, je pensais, mais j'ai toujours mon sens de la vision.

Comme MWN m'a demandé, mon travail devait

redevenir une véritable ombre, mais cette fois j'ai dû m'attacher à un gardien de prison dans un donjon particulier où l'autre messager du temps a été emprisonné.

Pendant que je façonnais mon plan d'action, nous avons trouvé le donjon juste à temps pour voir une messager féminine du temps dans des chaînes. Elle a été emprisonnée dans un donjon fait d'un matériau épais, qui avait une traction gravitationnelle continue qui suçait le messager du temps vers le sol. Il n'y avait pas d'échappatoire pour elle. Elle y fut suspendue dans un état de conscience altéré. La porte était actionnée par une boîte d'aiguillage sur le mur à l'extérieur du donjon qui avait un couvercle en fer. D'une certaine façon, je savais que la clé du couvercle était avec le garde.

Le moniteur près du donjon signalait continuellement l'état des choses à l'intérieur du donjon que nous plané autour de la garde et a obtenu notre Roulements.

Nous avons tous les deux réalisé à quel point la tâche qui nous était devant nous était difficile.

Ce messager emprisonné est venu dans le monde de Not Human pour faire savoir aux habitants qu'ils pouvaient vivre très heureux s'ils essayaient de changer leur vision de la vie. Elle les implora de ne pas s'accabler de choses qui ne déplaceraient pas le temps en douceur, sinon elles feraient le tour dans une mare stagnante de temps sans aucun bonheur et progrès pour l'avenir. Le souverain du Monde Non Humain ne comprenait pas cela et se sentait menacé et emprisonné le messager.

La tâche qui nous attend maintenant était de libérer le messager. MWN planait au-dessus de la tête de la garde pendant que je m'attachais à la garde comme une ombre. Le garde a été surpris au début et a effectué différentes manœuvres pour essayer d'obtenir mon ombre. En le maniant, j'ai essayé de le tirer vers le mur où la clé était cachée.

Il a obéi et récupéré la clé et est allé vérifier le messager du temps et a retourné l'interrupteur pour ouvrir la porte. Comme le messager est venu flottant, j'ai gyrated dans un mouvement de danse comme. Le garde confus dansait avec moi comme il a été forcé de répéter mes mouvements.

Le MWN a tiré le messager en lui signalant comme un amas de particules. Le messager du temps revint à la conscience et bientôt ils furent tous les deux en l'air hors du donjon. Je me suis détaché de la garde et pendant qu'il était désorienté, j'ai voyagé dans le ciel avec MWN et avec l'autre messager du temps.

Entre-temps, le monde de Not Human était en état d'alerte. Les beepers et les sirènes hurlaient et nous pouvions voir qu'ils étaient après nous, tirant des faisceaux laser dans notre direction. Nos poursuivants ne étaient pas sûrs où moi et MWN étions, mais ils pouvaient voir l'autre messager du temps. Nous avons fait de notre mieux pour la déguiser et nous nous sommes échappés en nous enfonçant dans une masse sombre, une bonne cachette pour le moment. Pour le moment, nous étions hors de vue. Après un certain temps, nous avons continué, atteignant le matériau gluant sombre du néant. Nous avons traversé à la nage le grand océan des ténèbres et avec beaucoup d'efforts et de travail acharné, nous sommes arrivés à un rivage allumé, où nous pouvions marcher normalement.

C'était loin d'être la fin de notre voyage, car nous avons dû entrer dans un autre tunnel, endurant la force de poussée et d'attraction qui a amené le messager, comme nous, à agir comme si nous étions des créatures en forme de ficelle qui, à la fin, sont sortis en hurlant. J'avais peur qu'on se perde dans le tunnel pour toujours.

« Je sais ce que vous pensez, Shadow », m'a dit MWN. « Ces tunnels ne sont pas les géants qui avalent tout en eux, même des entités entières comme nous. »

— Un peu comme le temps, murmura-t-je.

« Oui, vous avez de bonnes connaissances et de compréhension », a déclaré MWN, poursuivant son commentaire que parmi les vastes trous de l'Univers comme celui-ci existait où vous pourriez voyager à travers à d'autres endroits.

MWN a exprimé combien il était reconnaissant pour la façon don't habilement j'ai gardé le garde occupé avec mon danse pose pour que l'autre messager puisse s'échapper de la prison. L'autre messager hocha la tête en demandant qu'on l'appelle « Kalam », ce qui signifie « temps » en sanskrit. Souriant à moi-même, il se sentait étrange dans ce monde inconnu reconnaissant un mot si familier.

« Nous approchons à nouveau du monde de Sujhan », a annoncé solennellement MWN. Une question qui me hantait depuis que j'ai rencontré MWN a dû être posée d'urgence : « Comment le temps pourrait-il être une entité et si c'est le cas, y a-t-il un début et une fin ? »

MWN semblait surpris par ma question. « Shadow, vous posez une question très difficile, qui a une réponse ésotérique, mais je vais essayer de la simplifier. » Se grattant le menton, il regarda au-delà de l'horizon et dit: « Il ya en effet un début et il ya une fin. Il est difficile de comprendre toutes les lois de la création car elles tournent en rond dans le virage de leur propre cercle. Il est donc difficile de comprendre le début et la fin. Mais ne vous inquiétez pas, la fin ne sera pas bientôt et si le continuum que nous sommes dans les extrémités, il y aura un autre continuum à suivre et un autre temps dimensionnel. Tout cela est délimité par une loi universelle, qui dicte l'univers dans tous les sens. En fin de compte, il lie tout ce qui existe dans l'univers dans la mesure où nous en sommes conscients.

Je me sentais très soulagé et en entrant dans le monde de Sujhan, nous pouvions voir les vallées et les prairies familières, les montagnes et les arbres avec juste la bonne touche de changer de couleur. Les maisons ci-dessous ressemblaient à nouveau à des jouets pour enfants.

Nous avons vu des avions en luge s'approcher de nous. Quel plaisir ils ont dû avoir faire un signe de bienvenue pour nous! Avec le temps, on nous a ordonné de descendre dans une zone désignée, une région montagneuse qui ressemblait à un auditorium en plein air construit naturellement. Nous nous sommes arrêtés là pendant que le chef de Sujhan nous saluait, accompagné de ses aides tenant des fleurs et des bannières.

Même si j'étais encore une ombre, tout le monde a reconnu ma présence.

Il y a eu une annonce qu'un spectacle était sur le point de commencer. C'était le dernier spectacle avant la fin de l'année, parce que tous les animaux et les créatures qui vivaient sur la montagne serait bientôt hiberner.

Le coup d'envoi du spectacle a été un défilé d'éléphants, qui ont fait leur chemin autour d'un anneau avec d'adorables bébés éléphants tirant vers le haut de leurs museaux recroquevillés. De beaux tigres s'alignaient dans une rangée rugissant puissamment ensemble pendant que les lions mâles secouaient leurs miques et se joignaient aux rugissements et les femelles suivaient avec leurs jeunes. Girafes avec leurs longs cous fiers marchait avec désinvolture que les zèbres à la hâte trotté loin. Oh, quel spectacle à voir que les gorilles massifs battre leurs poitrines. À ce moment-là, il faisait déjà nuit. Le ciel était parsemé d'étoiles pendant que la lune regardait à travers une parcelle de nuages. Les lucioles ont commencé leur danse et les grillons ont sérénade la foule. Une meute de loups s'est réveillée à la lune lumineuse. alors les cobras slithery sont venus et ont commencé à danser, les bijoux sur leurs têtes éclairant la zone comme ils se baladaient la tête d'un côté à l'autre et enroulé leurs corps vers le haut. Un énorme hibou blanc hué triomphalement que les serpents baissaient la tête et laissé un par un. Le rire de la hyène brisa la monotonie de la sérénade des grillons, alors que les hiboux gris huaient des branches des arbres déclarant la fin de la nuit. Alors que la nuit s'adignait lentement, une faible lumière s'est allumée à l'horizon oriental au moment même où les nightingales chantaient leur dernière chanson avant de s'envoler dans le ciel. Quelle nuit, jepensais, et comme je mesuis étiré les jambes, j'ai donné un coup de pied quelque chose et me suis retrouvé dans mon lit, mes pieds touchant une planche de bois au pied de mon lit. J'ai entendu mon oiseau de compagnie gazouiller, répétant évidemment des mots qu'il avait appris de moi.

« Je t'aime. Joli, joli birdie.

J'ai regardé dehors pendant que le soleil se couchait à l'horizon et les rayons du soleil transperçaient le brouillard et se sont rendus dans notre cour. Dans un air étourdi, j'ai continué à regarder le paysage brumeux, ne voulant pas se révciller de mon monde de rêve ou d'oublier cette merveilleuse aventure.

# Silhouettes du temps

## Je.

# I

## Le chemin de Noaykhali

Comme les nuages noirs ont commencé à se rassembler, de grosses gouttes de pluie est descendu faire des bruits bavardage qui remplissaient l'air. Le sol sec et poussiéreux a commencé à étancher sa soif que le parfum de la terre fraîche rempli l'air. L'année 1946 s'avérera inoubliable pour un jeune homme sur le point de commencer son voyage vers un destin inconnu qui était le sien et le sien seul, car aucun autre homme n'était destiné à autant de grandeur qu'Arun.

La grande ville de Calcutta située sur la rive est de la rivière Hooghly en 1946 tremblait avec les troubles de l'émeute communautaire entre hindous et musulmans, juste avant l'indépendance de l'Inde. Des trains chargés de réfugiés en provenance du Bengale oriental tentaient d'atteindre un refuge sûr. Des hommes, des femmes et des enfants malades et affamés se sont rassemblés pour se réfugier à Calcutta. Ceux qui ont été assassinés par des assaillants se sont couchés dans certains compartiments. Leurs cadavres et leur odeur putréfiée ont magnifié le paysage de l'horreur dans la situation.

Arun a essayé de se souvenir de l'agréable trajet en train quand il rendait visite à sa mère à leur domicile à Majer Gathi, une petite ville dans la partie est du Bengale.

Il s'asseyait très près de la fenêtre et arpentait le paysage vert en passant par mile après mile de rizières vertes se baladait au milieu de la brise douce, se déplaçant vers l'arrière que le train se déplaçait vers l'avant. Des pâturages verdoyants à perte de vue recouvrent les champs alors que le dôme infini du ciel bleu forme une canopée sur le paysage vert. Deux grands palmiers se baladaient, leurs feuilles murmurant comme une jeune fille avec un sari jaune à bordure rouge portant un panier traversait les rizières où les hommes et les femmes étaient occupés à travailler. La réflexion sur le miroir de fenêtre du train avec des passagers se déplaçant d'un côté à l'autre dans le compartiment avec le mouvement du train et le reflet du paysage vert qui passait créé un sentiment de beauté surréaliste. Le cœur d'Arun rempli de tranquillité et de joie.

Sa mère vivait avec l'un de ses frères aînés dans un endroit appelé Ballygunge dans la partie sud du vaste paysage urbain de Calcutta.

Même si Arun a décroché sa mâchoire et gritted ses dents quand le tonnerre grondait et la foudre flashé, correspondant à son humeur, il ne voulait pas agoniser sur le fait que son mère a fui leur maison à Majergathi que l'émeute entre hindous et musulmans a éclaté en Inde.

Quand il était jeune homme, Arun a été emprisonné deux fois depuis 1940 et a été libéré pendant quelques mois, mais était de retour quelques mois plus tard.

Être l'un des révolutionnaires luttant contre la domination britannique en Inde a fait d'Arun un prisonnier fréquent et ennemi des oppresseurs. Arun ne pouvait pas comprendre l'émeute communautaire entre les hindous et les musulmans. Son agitation et son anxiété de plus en plus comme un twister tempête comme il agonisait sur la façon dont leur maison ancestrale à Majer Gathi dans le district de Khulna au Bengale oriental a été détruit à la suite de la lutte.

Sa mère s'était échappée par leur jardin dans le noir et s'était enfoncée dans leur bel étang pour ne pas être détectée par les auteurs. Quand la côte était dégagée, elle a marché à travers les fossés des rizières boueuses toute la nuit jusqu'à ce qu'elle ait pris un bus pour une gare.

Il se souvenait que lorsque son oncle a été assassiné, son sang s'est répandu dans toute la cour où ils jouaient. Ses cousins avaient fui la ville à bord d'un camion de légumes, se cachant derrière des piles de légumes, cherchant refuge dans un centre de la Croix-Rouge, puis s'étaient enfuis et n'avaient plus été entendus depuis.

Arun s'est cassé les dents et a frappé l'oreiller en colère contre le bannissement de sa famille. Il s'est élevé rythme toute la nuit, déterminé à faire quelque chose pour rétablir la paix dans sa patrie, mais il savait qu'il n'était qu'un seul homme essayant de prendre un ennemi puissant.

Il a décidé de se déguiser en clerc musulman parce que s'il montait dans le train pour le Bengale oriental en tant qu'hindou, il serait assassiné.

L'idée de quitter Calcutta sans le dire à sa mère et atrocement sur la façon dont il avait l'intention de dire sikhrini, l'amour de sa vie, a commencé à peser lourdement sur Arun comme il était assis sur le bord du lit et regarda autour de la chambre. Il est allé à son bureau, a mis la main sur un bloc-notes et a commencé à gribouiller pendant quelques minutes, puis il a jeté son bloc-notes et a commencé à marcher jusqu'à la porte, murmurant: « Je vais prendre un taxi. »

Alors qu'il marchait pendant un certain temps à travers une avenue de lampadaires, Arun sentit ces objets inanimés essayer de lui dire quelque chose et il se trouva à la recherche d'une sorte de signe. Les étoiles ont lutté pour percer un écran de lumière artificielle au milieu du ciel sombre pour le regarder vers le bas.

Ce soir, Calcutta agité était somnolent que seuls quelques taxis zoomé par.

— Il n'est pas sage de voir ma mère, murmura-t-il à lui-même. « Je ne peux pas laisser voir son visage anxieux, il sera trop douloureux. »

Arun se demandait comment son amour, Sikhrini et ce qu'elle pourrait faire à cette heure tardive. Il faisait encore face à une dilemme quant à savoir s'il devrait écrire une lettre à tous les deux. Enfin, il a décidé d'écrire une note rapide avant de partir.

À sa mère, il s'est excusé de l'avoir mise à travers cette anxiété.

À Sikhrini, il a écrit :

Je vous dis adieu pour l'instant, mon amour, mais pas pour toujours car je vais poursuivre une mission pour établir un camp de paix au Bengale oriental. Je ne sais pas comment, mais je suis sûr qu'avec ma forte volonté, je peux le faire. Et tandis que ça me fait mal de dire cela mon amour, je dis que si vous trouvez quelqu'un avec qui vous souhaitez être ou si vos parents s'arrangent pour que vous vous installiez, vous avez ma bénédiction réticente car je vous souhaite tout le bonheur, même si cela peut m'apporter tant de douleur. Si vous le pouvez, s'il vous plaît rendre visite à ma mère, comme elle vous aime comme si vous étiez sa propre fille. Je sais que j'auras la force d'accomplir ma tâche qui ne vient que de votre amour. J'espère donc survivre à cette tâche et revenir à vous si vous êtes toujours prêt à m'attendre. Je serai à toi maintenant et pour toujours, Arun.

Le train de la gare sealdah de Calcutta a commencé son voyage avec Arun à bord, à cheval le long encore embourbé dans le dilemme dans l'obscurité vers l'inconnu.

Déguisé en religieux musulman avec une casquette blanche et une longue barbe, l'apparence d'Arun a réussi à paraître suffisamment convaincante pour les spectateurs alors qu'il était assis sur un siège d'angle et scanné le compartiment où la faible lumière à l'intérieur du compartiment a aidé son déguisement. Illuminé seulement par une petite lumière qui projetait des teintes de gris, Arun pouvait à peine faire la vue d'un cadavre gisant à l'extrémité du compartiment. Le cadavre couvert de sang était celui d'un mâle dont les yeux ouverts creux faisaient face au plafond.

Partager un compartiment avec un cadavre a donné à Arun l'impression qu'un python lui avait serré la vie. Il n'a pas pu dormir cette nuit-là.

À son grand soulagement, il est arrivé à destination pour assister à des gens à la gare qui voulaient traverser la frontière avec leurs bagages en remorque, passant par une barricade temporaire. Comme Arun n'avait pas d'effets personnels, il était facile pour lui de rejoindre le flot de personnes de l'autre côté.

Il devait encore voyager en bus, puis prendre un ferry pour atteindre sa destination finale. C'était tôt le matin à Noaykhali, où, à l'aube, une lueur rouge dans le ciel oriental caressait la surface de la terre. Soudain, les yeux d'Arun attrapa une rizière carbonisée au loin. Le paysage était presque tout noir avec quelques taches de feu fumant qui a continué une brûlure lente et régulière. Ses yeux ont alors jeté sur une petite tache verte de rizière désespérément essayer de se tenir au milieu de l'odeur âcre de fumée qui remplissait l'air.

Après un trajet en bus sans incident, Arun, toujours déguisé en religieux musulman, est venu à Ferry Ghat, où il a pris un petit bateau au lieu d'un grand. L'homme de bateau a utilement guidé Arun sur la façon d'aller aux endroits où il ferait face à la moindre confrontation. Le bateman a dit qu'il y avait des zones où les hindous se défendaient, mais lui a assuré qu'en fin de compte les hindous perdraient.

Arun était reconnaissant pour cette information et voulait aller dans la région où les gens essayaient dur de se défendre et de se défendre. Alors il est descendu autour de la frontière de Noaykhali.

« Noaykhali est dans la partie sud-est du Bengale oriental situé dans le district de Chittagong », a déclaré un homme qui a donné des instructions Arun. « Cette zone est bordée par le district de Comilla et se trouve au nord de l'estuaire de la rivière Megna et du golfe du Bengale au sud. »

Arun a écouté le guide lui en dire plus sur la région. L'ancien nom de Noaykhali était Bhulua. Elle a été gravement touchée par les inondations de la rivière Dhakatia depuis les collines de Trpura. Pour sauver la situation, un canal a été creusé de Dakatia à Ramganj Place, Sanaimuri et Chaumahani pour détourner le débit d'eau à la jonction de la rivière Megna et Feni. Après l'excavation du long canal « Bhulua » a commencé connu sous le nom Noaykhali. Le nom Noaykhali provient des termes Noa (Nouveau) et Khal (Canal). Le district représentait une vaste terre côtière et delta plate, située sur la plaine marémotrice de la Megna Delta de la rivière. Autour de Noaykhali sur trois côtés se trouvait une plaine alluvionnaire inondée et fécondée chaque année par dépôt de fentes de l'estuaire de Megna.

L'endroit était très fertile pour l'agriculture et les gens vivaient heureux et paisiblement, profitant des ressources autour d'eux jusqu'à ce que l'émeute communautaire a éclaté entre hindous et musulmans.

Arun marchait vers la zone où vivaient les hindous de peur d'être attaqués. Sur son chemin Arun a vu quelques maisons brûlées comme une brise s'inséquait à travers les maisons désertes et endommagées qui ont commencé à faire un crépitement de la douleur d'être brûlé.

Alors qu'il tombe sur une combinaison de rizières vertes brûlées et verdoyantes, Arun se réfugie derrière un arbre où il passe de la tenue de religieux musulman à sa tenue régulière et continue de passer à autre chose. Quelque temps plus tard, il a trouvé le village où il était censé rencontrer Dhiren, un homme courageux qu'il avait entendu essayait de défendre d'autres hindous collègues.

Fatigué, assoiffé et affamé, Arun arriva dans une cour ouverte, où il vit que certaines personnes étaient engagées dans une discussion sérieuse. Il pouvait dire que son apparition soudaine surpris le groupe, qui haletait de surprise.

Arun a tenté de leur montrer qu'il n'était pas une menace en se présentant chaleureusement.

« Je suis venu tout le chemin de Calcutta. J'aimerais rencontrer Dhiren, s'il est disponible, et je suis là pour vous aider », a déclaré Arun.

Leur expression est immédiatement passé de la suspicion à très courtoise comme ils l'ont invité à s'asseoir avec eux et une femme est apparue et lui a remis une tasse de chai. Pendant qu'Arun écoutait, ses yeux scrutaient la cour. Il y avait une cabane de taille moyenne, soigneusement gardée en face où le groupe, qui pensait qu'il était fatigué de son voyage, lui a ordonné comme un endroit pour lui de rester, s'il le souhaitait. Ils répandent un tapis fait de feuilles de palmier dans la véranda avant de la hutte. Une dame est sortie de l'intérieur et lui a offert de l'eau de coco à boire.

C'était un régal pour Arun après le long voyage. L'un des membres du groupe, Prafulla, s'est présenté et a dit: «

Je vais à la maison de Dhiren et l'informer que vous êtes ici et que vous souhaitez le rencontrer. »

Arun a remercié Prafulla qui a mentionné qu'il ne prendrait pas longtemps pour se rendre à Dhiren. « S'll vous plaît, attendez et reposez-vous ici. » Pendant qu'Arun buvait son verre, le reste du groupe est arrivé à la cabane et s'est présenté. Shankar s'adressa à lui comme « Dada », ce qui signifie frère aîné: « Quel est votre plan et comment allez-vous nous aider, Dada? Avec tout le respect que je vous dois, comment saurons-nous que vous êtes digne de confiance?

Arun s'attendait à ce genre de questions. « Eh bien, a-t-il dit, nous devons tous planifier et travailler activement ensemble dans le processus d'entraide. Je dois savoir quel genre de difficultés immédiates vous faites actuellement.

Au milieu de leur discussion, Prafulla revint avec l'homme qu'Arun voyagea si loin pour voir. Dhiren était grand et bien construit, avec des bras musclés, et son brun foncé peau brillait avec un éclat sain de la sueur. Son visage était un peu rond avec de grands yeux noirs étincelants comme la lumière fraîche du matin. Il avait le nez pointu dans un visage bien rasé et une moustache papillon, avec ses deux extrémités pointues tourné vers le haut.

Il hocha la tête à Arun, et avec ses paumes ensemble, le salua avec,« Namaskar. »

Arun a répondu: "Namaskar. Je suis là pour t'aider. Tout d'abord, nous devons planifier la façon dont nous procéderons, mais je veux continuer à discuter des problèmes qui doivent faire l'effet d'une attention immédiate.

« Nous hindous sont dans une position impuissante », a déclaré Dhiren. « Nous sommes en danger, car un agresseur peut venir à tout moment brûler notre grenier à riz, attaquer nos femmes et nos enfants, tuer les hommes de la famille, détruire et brûler nos logements. »

Dhiren a dit qu'ils avaient essayé d'envoyer des signes que les membres du camp sont plus que prêts à se défendre, mais leurs messages à leurs oppresseurs sont tombés dans l'oreille d'un sourd.

« Ils nous ont menacés de revenir avec plus d'hommes et de nous sortir d'ici », a-t-il dit à Arun. « La police ne coopère pas avec nous. » Dhiren regarda le groupe, certains hochant la tête. « En fait, ils ont aidé les assaillants, brûlant nos rizières et notre grenier à riz pour que nous mourions tous de faim. »

Dhiren a continué sa diatribe à la vitesse de l'éclair, puis a regardé Arun pour trouver une solution possible.

Arun a pris une grande respiration. « Tout d'abord, j'ai besoin d'un terrain, d'environ un acre ou deux, pour construire des maisons ou des huttes comme celle-ci, qui auront une clôture. J'ai besoin d'un endroit pour rester et organiser notre camp et nous allons tous nous relayer et faire de notre mieux pour gérer l'endroit et s'entraîner pour nous défendre. L'endroit que nous construisons offrira un abri aux femmes et aux enfants qui ont perdu leurs proches et qui ont besoin de protection. Nous allons lentement commencer à préparer de la nourriture pour les personnes dans le besoin. Il y aura des médecins de service pour soigner les malades et, en fin de compte, recruter du personnel infirmier. Nous nommerons l'endroit, « Camp de la paix ». Mais le plus important, en ce moment, nous devons nous préparer à nous défendre contre les attaquants.

Tout le monde à l'unisson sonné: « Oui! »

« Nous pouvons construire les petites huttes, autant que vous le souhaitez, et les clôturer en un rien de temps. Deux acres de terre ou plus que nous pouvons obtenir. Mais comment nous défendons-nous ? Shankar a demandé.

Arun a commencé à suivre son rythme en pliant les bras, une expression déterminée sur son visage. « Nous devons apprendre les tactiques de l'armurerie antique et les arts martiaux de l'Inde. Dhiren, je sais que vous êtes un expert dans le combat indien Talawar (épée).

Dhiren hocha la tête pendant qu'Arun continuait. « Vous devriez commencer à former les autres aussi. Est-ce que quelqu'un ici est un expert dans la lutte Latti? Arun faisait référence à une tactique de défense qui impliquait l'utilisation de grands troncs de bambou arrondis inclus dans l'ancienne armurerie de l'Inde.

Un homme musclé aux épaules larges nommé Suren s'est présenté. « Oui! »

Arun hocha la tête. « Vous devriez commencer à former les autres dans cette tactique de défense ainsi afin que nous puissions former un groupe de combattants qui peuvent se défendre et les autres. Vous devriez aussi essayer de former les femmes, aussi. Arun s'arrêta pour scanner le groupe de femmes rassemblées.

Nagen, un autre résident local, s'est adressé à Arun avec le titre local de respect.

« Dada, les assaillants viennent avec des torches à feu ouvert et commencent à crier Allah ho Akbar de loin, puis sont bientôt rejoints par d'autres de différents villages dans l'obscurité. Ils viennent ensuite courir avec vengeance et détruire tout ce que nous avons. C'est éprouvant d'entendre ce bruit en fin de nuit », a déclaré Nagen, alors que les autres membres du groupe hochaient la tête tristement.

Arun hocha la tête à nouveau dans la compréhension. « Je suis conscient que les circonstances sont effrayantes. Nous devons donc apprendre à contrôler notre peur et à nous concentrer sur la meilleure façon d'aller de l'avant avec notre plan.

Arun a ensuite dirigé diverses personnes pour qu'elles accomplissent certaines tâches tout en s'adressant à l'ensemble du groupe.

« S'il vous plaît obtenir quelques bœufs, au moins

cinquante mahish mâle, comme des bisons animaux que nous garderons à portée de main, dit-il. Ils seront les premiers à charger les attaquants en formant une bousculade, puis, ceux armés d'épées seront tous mis à la charge, suivie par ceux formés à la tactique Latti.

« Les femmes qui souhaitent se joindre à nous dans ce combat serviront de régiment de secours que je soutiendrai personnellement et aiderai à mener dans ce combat », a-t-il déclaré aux femmes courageuses de la foule qui s'étaient rassemblées.

Arun leur a dit que leurs slogans seraient: "Hare Murare Madhu Kautaba Bhare et Bande mataram. » Le premier est un hymne sanskrit ou Sloka prenant le nom de Vishnu et Krishna qui ont détruit la créature maléfique comme un monstre et le second est « Gloire à notre Mère », a déclaré Arun. Nous crierons tous nos slogans, même ceux qui ne sont pas confrontés aux attaquants. S'il vous plaît secrètement répandre les nouvelles que lorsque, en fin de nuit, ils entendent des sons de slogans, qu'ils l'entendent correctement ou non, de leur demander de chanter Hare Murare Madhu Kaitabha Bhare. Les sons seront comme des échos et affaibliront le moral de l'attaquant, pensant pour l'instant que les gens viennent de différentes directions pour les combattre. S'il vous plaît rappelez-vous que nous n'allons pas les affronter à moins qu'ils viennent nous attaquer; tout le plan est pour notre défense. Nous devons reconstruire, défendre et regagner notre confiance pour combattre cette épreuve. Êtes-vous tous avec moi?

La foule rassemblée se leva et rugit un retentissant, « Oui! »

Arun plaçait ses paumes ensemble et fermait les yeux pendant que les gens continuaient leurs acclamations de soutien.

L'un des hommes s'est levé pour parler au nom du groupe.

« Oui, nous sommes avec vous et prévoyons commencer à construire le camp de la paix immédiatement. »

Arun a demandé des suggestions sur l'endroit où le camp pourrait être placé. Amal leva la main et dit: « Je sais exactement où. J'ai un espace ouvert que je vais donner, les deux acres entiers pour le camp de la paix.

Alors ils ont tous applaudi et promis de commencer à construire leur camp de paix la première chose le lendemain matin.

Dhiren s'est présenté et a invité Arun à rester avec lui dans sa maison aussi longtemps qu'il le souhaitait ainsi que de dîner avec lui et sa famille.

La construction du camp de la paix a commencé tôt le lendemain matin comme promis. Au cours de la construction du camp et de la formation de l'armée de fortune dans les arts martiaux et les tactiques d'autodéfense, l'ennemi a tenté à deux reprises une attaque furtive, pour être contrecarré par les compétences retrouvées des défenseurs.

Comme prévu, les taureaux et le Mahish, animal de bison, ont été la première ligne d'action avec des torches de feu ouvert libéré. Frénétiques, les animaux chargent les assaillants, les bousculant imprudemment.

Derrière eux, les gens tenaient fermement talwar brillant (épées) comme ils marchaient vers l'avant, scandant des slogans: Lièvre Mure et Bande mataram. Le chant a aidé le moral de tous les hindous. Le chant dans l'obscurité, qui venait d'autres villages environnants a créé une sorte de sentiment mystérieux et étrange, qui a affaibli le moral des assaillants.

Le projet de rêve d'un camp de la paix était si bien établi que mahatma Gandhi lui-même est venu et est resté dans le camp, ce qui a encore renforcé le moral du peuple. Le camp de la paix a fourni un refuge sûr aux enfants, dont les parents ont été assassinés. Les personnes déplacées ont été convenablement placées dans des maisons à Calcutta et dans ses adages.

Pour les orphelins, des pensionnats spéciaux pour filles et garçons ont été créés dans la banlieue de Calcutta pour leur fournir une éducation et des compétences adéquates pour leur avenir.

Mahatma Gandhi s'est intéressé particulièrement au succès du camp de la paix et les autres dirigeants nationalistes sont venus sonder la situation et se sont efforcés d'aider les personnes en détresse.

Avant que la sécurité du camp de la paix ne soit renforcée et que les membres ne soient formés aux tactiques de défense, un grand nombre de jeunes filles ont été enlevées par les assaillants. Aujourd'hui, même des tentatives d'enlèvement ont été déjouées et la plupart des filles ont été sauvées de leurs ravisseurs et placées dans des refuges sécurisés proches de leur famille. Certains ont été envoyés dans des pensionnats entourés de forces armées entraînées. Les défenseurs du camp de la paix ont pris grand soin de placer chaque enfant dans un endroit où ils étaient pris en charge par les défenseurs du camp de la paix qui vérifiaient périodiquement si chaque endroit convenait à la fille ou au garçon dans leurs habitats respectifs.

Mais hélas, malgré son succès, le camp de la paix a dû être fermé brusquement car l'Inde était divisée. Les gens qui vivaient et travaillaient dans le camp de la paix ont dû quitter Noaykhali et s'installer du côté indien du Bengale. Arun a fait de son mieux pour placer les gens dans et autour de Calcutta.

En fin de compte, Arun lui-même a dû partir. Donc, le dernier jour, il a fait le tour du camp de la paix déserte en disant au revoir, se souvenant de la première fois qu'il a atterri ici il y a des mois, armé d'anxiété, mais beaucoup de détermination pour aider les personnes en détresse.

Même s'il était là, il se demandait s'il avait effectivement réussi à le faire.

Sa recherche de l'âme se poursuivit alors qu'il venait à Ferry Ghat, une sorte de port. Cette fois, il a pris un plus grand bateau avec plusieurs personnes allant du côté indien du Bengale. De là, il est monté à bord d'un train pour Calcutta.

Dans le train, il a pris un siège fenêtre au moment où le train a commencé à chug le long. Comme le paysage vert de ce côté du Bengale a commencé à s'estomper à l'arrière-plan, Arun regarda tristement à l'extérieur. Il ne pouvait pas croire qu'une partie du Bengale allait être perdue pour tant de gens, une région qui était autrefois leur maison douce maison.

Comme le train a commencé à accélérer, Arun senti les paysages passent comme des taches de vert perdu à jamais dans le passé. Il a imaginé la carte de l'Inde et a été surpris, pensant qu'il semblait que quelqu'un avait coupé des parties du corps de Mère Inde. Il soupira, secouant la tête.

La vitesse du train s'est côtière à une vitesse normale pour correspondre à son cœur battant.

Arun sentit une légèreté qu'il n'avait pas ressentie depuis longtemps. Il revenons enfin voir sa mère qui serait très heureuse. Il pouvait presque imaginer le sourire sur son visage.

À l'extérieur, dans le paysage qui passait, Arun a repéré un couple assis à l'ombre d'un arbre banyan, puis c'est arrivé.

Le visage de Sikhrini flashé dans son esprit que son cœur a commencé à battre plus vite.

# II

## Chauffeur de taxi à juger

Arun regardait, hypnotisé, pendant que le ventilateur de plafond circulait faisant un bruit aigu pleurnicher comme s'il voulait avec enthousiasme raconter une histoire. La chambre se trouvait dans un tribunal, une chambre où les juges viennent se détendre pendant leur récréation.

Devant Arun jeter des piles de dossiers judiciaires. L'odeur d'un vieux court-house, avec son parfum profond d'acajou antique semblait s'attarder à partir du moment où les Britanniques ont régné sur l'Inde. Arun, en 1962, quinze ans après l'indépendance de l'Inde, était encore plus contemplatif. Le tribunal est resté inchangé depuis la domination britannique en Inde, à l'exception de voir des visages de tous les citoyens indiens locaux travaillant dans le tribunal.

Le préposé au turban rouge et au manteau boutonné blanc frappa à la porte. « Monsieur, voici votre thé. »

— Entrez, répondit Arun.

« Et voici le journal, Monsieur. »

Surpris, Arun demanda : « Pourquoi me montrez-vous le journal ? »

Le préposé clignota des yeux. « Monsieur, c'est le journal local, l'Amrita Bazar Patrika. Il y a une pleine page d'histoire sur vous.

"Il ya? Arun ne se souvenait pas d'avoir été interviewé récemment pour un article de journal.

— Monsieur, vous pouvez voir par vous-même, dit le préposé en plaçant le journal sur le bureau. « Et un chauffeur de taxi de l'Association des chauffeurs de taxi est là pour vous voir. »

Arun s'impatientait de plus en plus de ces événements inattendus. « Vous savez mieux que je ne suis pas censé voir quelqu'un lorsque le tribunal est en session. »

Mais le préposé se tenait debout. « Monsieur, il veut juste vous voir. Pardonnez-moi, mais je crois que c'est une visite que vous devez prendre.

Arun était déjà fatigué et depuis le dernier cas, il a dû donner le jugement pour expulser quelqu'un. Cela l'a rendu fatigué mentalement et physiquement de penser aux personnes touchées par l'expulsion.

Quoi qu'il en soit, malgré ses réserves antérieures sur le divertissement des visiteurs, la curiosité a pris le meilleur sur Arun comme il a ramassé le journal.

Il y avait l'article, avec le titre « Taxi Driver to Judge. » Il s'est rendu compte que même si personne du journal ne l'interviewait, le journaliste a mis la main sur d'autres sources proches d'Arun pour les détails de son parcours professionnel, d'être chauffeur de taxi à juge. En lisant l'article, il s'est souvenu de ces événements passés comme s'ils s'étaient produits hier. Arun se souvenait vaguement de certains membres de sa famille et amis lui mentionnant d'avoir été approché par un journaliste au sujet d'un article sur sa vie.

Les souvenirs n'arrêtaient pas d'affluer , le temps qu'il venait de se marier et était à la recherche d'un emploi. Sa nouvelle épouse Sikhrini travaillait au bureau du comptable général du Bengale (AGB), un poste qu'elle a obtenu par l'intermédiaire de sa sœur aînée Bina, qui était l'un des comptables en chef.

Arun se souvenait avoir commencé chaque jour à chercher des emplois tôt le matin, allant de bureau en bureau, en regardant les affectations sur le tableau de divers endroits pour vérifier les ouvertures.

En raison d'être emprisonné pendant des années à la fois en raison de sa lutte contre la domination britannique, Arun n'avait aucune expérience de travail. Il a terminé son diplôme de premier cycle en prison, puis juste avant l'indépendance, il s'est porté volontaire au camp de la paix au Bengale oriental lors de l'émeute communautaire entre hindous et musulmans. Au moment où Arun est revenu du camp de la paix, l'Inde a obtenu son indépendance des Britanniques en 1947, mais l'Inde a été divisée et est devenue l'Inde et le Pakistan.

En 1948, Arun a réussi à obtenir un emploi à temps partiel en tant que co-éditeur dans un magazine littéraire populaire. En août de la même année, il épousa l'amour de sa vie, Sikhrini. C'était un événement très attendu pour Sikhrini, qui avait l'désir d'être la femme d'Arun depuis qu'elle était à l'université.

Le couple a commencé sa vie ensemble plein d'espoir et de rêves.

Ils ont tous deux décidé de faire une demande d'admission à l'école de droit et les deux ont eu la chance d'être admis. Mais ils ont dû travailler pour survivre alors ils ont pris des cours du soir afin de travailler dans la journée et, par conséquent, il leur a fallu plus de temps pour terminer leurs études de droit.

Au fur et à mesure que la recherche d'emploi d'Arun se poursuivait, il a eu de la difficulté à trouver un poste convenable. Bien qu'il ait obtenu quelques entrevues, il s'agissait d'emplois de bureau mal rémunérés. Arun était confronté à un dilemme lancinant, que ce soit pour accepter ce genre d'emploi ou non, quand il a rencontré Arjun Singh, qui conduisait un taxi de luxe pour vivre et voulait terminer sa maîtrise en économie à l'Université de Calcutta. Inspiré par la détermination d'Arjun, Arun a appris sa ligne de travail et a demandé l'avis d'Arjun pour acheter un taxi de luxe en prêt et le conduire comme sa propre voiture alors qu'il payait le prêt en versements.

Il a averti Arun qu'il serait ennuyeux et fatigant - les travaux de conduite de nuit parfois pourrait être risqué avec les passagers ivres - mais Arun ne devait pas être dissuadé. Arjun Singh a suggéré qu'Arun pourrait obtenir un prêt facilement du nouveau gouvernement indien, car il était un malade politique qui a combattu contre les Britanniques dans la lutte pour l'indépendance de l'Inde.

Arjun Singh et Arun se sont liés comme des amis alors qu'ils se rencontraient dans un café près de l'Université de Calcutta dans le centre de Calcutta. Alors qu'ils discutaient des plans futurs, Arjun Singh a dit à Arun qu'il le soulagerait de son quart de travail chaque fois qu'il voulait prendre congé. Il a également suggéré qu'Arun travaille de façon indépendante et dirige sa propre entreprise de taxi, sinon il perdrait de l'argent.

L'idée de conduire un taxi pour vivre était la nouvelle que la famille d'Arun et sikhrini n'a pas très bien pris. leur les familles pensaient qu'Arun faisait une grosse erreur et apportait de la honte à la famille en prenant un travail aussi bas.

Les frères aînés d'Arun n'approuvaient pas non plus car ils s'inquiétaient de la santé et de la sécurité d'Arun la nuit. Ils craignaient qu'il ne se fasse voler et blesser par des conducteurs ivres. Sa femme, Sikhrini, était également préoccupée par la sécurité et la santé d'Arun.

La famille de Sikhrini a exprimé sa désapprobation. Ils ne pouvaient pas comprendre que leur fille bien-aimée pourrait jamais être mariée à un homme qui a travaillé comme chauffeur de taxi, une station dans la vie jusqu'à présent en dessous d'eux.

Mais Arun se souciait de ce que quelqu'un pensait. Il a obtenu un prêt et une berline Desoto vert mer très convoitée.

Encore aujourd'hui, Arun se souvenait avec tendresse comment, après avoir obtenu la voiture, il a conduit avec Sikhrini sur un long tronçon de route appelé le Grand Trunk Road qui a d'abord été construit par un empereur Moghal et qui s'étendait tout le chemin à Delhi.

C'était le crépuscule de la soirée, la lune oblongue regardait à travers les branches des arbres banyans et le ciel à travers l'avenue des arbres qui brillaient lentement avec un voile d'étoiles regardant. Le mouvement vers l'avant de la voiture, ainsi que la force avant du temps, ont tous fusionné en un seul ce soir-là.

Arun regarda sa femme bien-aimée. « C'est une belle soirée. Je sens le mouvement du temps. Il semble qu'il nous tire vers un endroit où il ya de la lumière.

« Je pense que ce moment ne devrait jamais se terminer, il devrait rester pour toujours. Imaginez si cette route n'a jamais pris fin et le temps resterait immobile. Dites-moi, est-ce ce que vous ressentez? Sikhrini demandé, un scintillement dans son œil.

— Sikha, la vie a besoin de contraste, c'est la beauté de la vie, répondit Arun.

Arun et Sikhrini sentaient qu'ils étaient sur le point d'ouvrir une porte à l'inconnu. Mais ils savaient que ce qui les attendait serait en quelque sorte magique et atteint grâce à leur travail acharné et leur amour.

L'explosion de la brise du soir a soufflé à travers la fenêtre de la voiture, jetant les vrilles de Sikhrini de longs cheveux noirs que les yeux profonds d'Arun rempli d'amour la regardait avec désir. Il a touché sa cuisse doucement.

Conduire un taxi de luxe pour vivre inclus travailler du matin jusqu'à tard dans la nuit. Certains soirs, les fêtards étaient ivres et turbulents. Il s'est souvenu une fois où sa vie a été menacée alors qu'il exigeait que les fêtards en état d'ébriété lui versent le montant exact.

Jongler avec sa vie académique avec son mariage s'est avéré tout aussi difficile; parfois, il était trop fatigué pour rester éveillé le soir. Il n'y avait presque pas de temps à passer avec sa femme, sauf assister à des cours à la faculté de droit ensemble. Socialement, ils ont été privés de visites à leurs amis que Sikhrini n'a pas aimer la façon dont les autres regarderaient Arun quand ils apprendraient qu'Arun gagnait sa vie au volant d'un taxi. L'expression confiante d'Arun a apaisé la tension de Sikhrini la plupart du temps. Ils ont tous deux tiré traversant des moments difficiles en s'encourageant mutuellement et ne manquent pas de tenir la main.

À la fin de quatre ans, ils sont diplômés de l'école de droit et immédiatement Sikhrini a commencé son poste d'avocat à la Haute Cour de Calcutta comme Arun a passé l'examen concurrentiel de la fonction publique en droit pour devenir un juge car il voulait une position stable dans le droit.

Et, le reste, comme on dit, est toutel'histoire , Un coup soudain doux à la porte transporté Arun retour au présent. Son préposé lui a poussé la tête dans la fissure de la porte.

« Monsieur, puis-je enfin présenter le monsieur représentant l'Association des chauffeurs de taxi qui est très désireux de vous rencontrer? »

Arun hocha la tête. « S'Il vous plaît, laissez-le entrer. »

# III

## Pas seulement un chauffeur de taxi ordinaire

Pour Arun, tôt le matin de 1950 ont été consacrés à laver son taxi Desoto vert mer en face de son immeuble d'appartements dans la rue à Bipin Pal Road dans la partie sud de Calcutta.

Puis, alors qu'il épilerait sa voiture, il la regardait et chuchotait : « Tu as l'air heureuse », comme si sa voiture était sa fille bien-aimée, et en effet, elle était sa fierté et sa joie. Arun s'occuperait de sa voiture comme les autres jeunes hommes et les passionnés de voitures considéraient la leur avec le même soin.

Mais bien sûr, sa femme, Sikhrini avait toujours été l'amour de sa vie et après le rituel quotidien de nettoyage de voiture, il montait dans leur maison pour dire au revoir à sa femme avant de partir travailler.

Une fois dans sa voiture, il faisait une croisière le long des routes secondaires de sa localité et garait sa voiture à un stand de taxi dans un endroit appelé Lake Market, un centre commercial qui était facilement accessible pour les clients intéressés à héler un taxi.

Il y avait un café au toit de chaume en bordure de route au stand où les chauffeurs de taxi habituellement arrêté pour leur thé du matin. Le thé a été fait en particulier ce café, où le lait serait bouilli pendant un certain temps, puis les feuilles de thé ajouté et bouilli à nouveau. Quand le fabricant de thé verrait que la couleur était juste, il serait souche et servir le thé dans un verre. Pains ronds fraîchement cuits au four allé avec le thé. C'était en effet un régal spécial.

Arun aimait parler avec ses collègues conducteurs tout en étant assis sur un banc en bordure de route en profitant de son pain préféré et un verre de thé. Après avoir terminé son thé du matin, il attendait dans son taxi pour les passagers.

Certains jours, il serait engagé pour se rendre à la gare de Howrah, une gare principale de l'autre côté du Gange. Les passagers se dirigeaient vers leurs vacances dans d'autres États et étaient très heureux de parler de leur voyage à Arun. Un chauffeur de taxi traînant à la grande gare signifiait qu'il y avait toujours une chance d'être embauché dès que tant de gens revenaient d'autres États pour aller dans différents quartiers de la ville.

Les passagers qui louaient un taxi là où rendre visite à leurs proches dans les hôpitaux, souvent poser la même question quant à combien de temps il faudrait pour atteindre l'hôpital.

Arun répondait poliment : « Je vais faire de mon mieux pour vous y emmener dès que possible. » Les gens ne savaient-ils pas qu'être chauffeur de taxi signifiait une énorme responsabilité envers sa sécurité? Arun pensait.

Le taxi d'Arun était souvent loué pour aller chercher des VIP à l'aéroport car sa cabine vert mer se dissait toujours par rapport aux autres.

Une fois, quelqu'un l'a engagé pour aller chercher un VIP à l'aéroport. Alors qu'Arun attendait dehors, la personne qui l'a engagé s'est rendu à l'intérieur de l'aéroport pour saluer l'arrivée vip, le secrétaire du ministère de l'Agriculture. comme dès que le passager est monté à bord du taxi, Arun a reconnu Barun, qui était en prison au même moment où Arun l'était.

Barun reconnut Arun et, après une courte conversation,

il s'est fait connaître qu'Arun conduisait un taxi pour vivre pendant que lui et sa femme étudiaient le droit ensemble. Barun a mentionné à Arun qu'il aimerait partager son incroyable histoire de survie si Arun lui donne la permission de raconter son histoire de la façon dont courageusement et avec enthousiasme, il se battait toutes les chances pour gagner sa vie décent et honnête.

Arun a exprimé qu'il était honoré par le geste et quand il est rentré chez lui, il a ressenti de la joie dans son cœur d'avoir été validé comme quelqu'un qui essayait juste de faire la bonne chose.

La saison des pluies à Calcutta, de mai à la première semaine d'août, a également été la saison des mariages. La chaleur et l'humidité toucheraient le public car le ciel serait couvert de nuages noirs, un effet qui adoucirait le paysage.

À intervalles réguliers, le tonnerre roulait son char et fouettait son éclaircissant, le bruit de fortes gouttes de pluie berçait la ville dans une ambiance rêveuse. Dans chaque coin du centre commercial se trouvaient des seaux remplis de tubéreurs blancs à longue tige trempés dans de l'eau et des guirlandes de jasmin frais de différentes tailles exposées à la vente. Les tubéreurs ont été vendus comme un bouquet et guirlandes de jasmin ont été pour orner le cou, le poignet ou les cheveux sur la tête.

Une des expériences les plus intéressantes a été le moment où le taxi d'Arun a été loué pour une fête de mariage. Il a travaillé toute une fois en soirée au début du mois d'août 1951. Le client du taxi d'Arun voulait que son taxi soit décoré de guirlandes et conduise le marié chez la mariée. Arun craignait que sa cabine ne soit rayée par le fil utilisé pour enchaîner les décorations florales. Quand le jour du mariage est arrivé, Arun est allé chercher le marié et a vu l'endroit était éblouissant avec des lumières et des décorations de fleurs. Il y avait une tente colorée avec des lustres suspendus à l'intérieur décoré avec des guirlandes fraîches faites de jasmin et de roses.

Un espace spécial décoré à l'étage sur le balcon avant pour les musiciens appelés Nahabat Khana (Nahabat, ce qui signifie un assortiment de nombreux instruments de musique joués; Khana, lieu de signification), situé dans la partie nord de l'Inde où le Shenai, un instrument de musique est généralement joué au mariage. On pense que l'instrument de musique s'est développé en améliorant le pungi, un instrument folklorique utilisé pour le charme des serpents. Le mot sur signifie ton ou air. Le mot nai/nali signifie roseau ou pipe. Il s'agit d'un bois, avec un double roseau et une cloche évasée en métal ou en bois à l'autre extrémité. Son son est pensé pour créer et maintenir un sentiment de bon augure et de sainteté et, par conséquent, il est largement utilisé pendant les mariages, les processions et dans les temples.

Arun a été soulagé de constater que les professionnels décoraient sa cabine de guirlandes fleuries ornées, enfilées de fils de coton.

Le moment est arrivé où le marié était prêt à monter à bord de la cabine. Vêtu d'un haut brodé de soie blanc large avec des boutons d'or, d'un matériau fluide bordé d'or enveloppé et attaché soigneusement de la taille vers le bas, le marié était un spectacle à voir. Une guirlande faite de jasmin et de roses avec des paillettes d'argent à intervalles réguliers pendait fièrement autour de son cou. Il a été couronné d'un couvre-chef conique blanc en shola,conçu avec soin avec un design artistique appelé Topor in Bengali. La matière première du shola a été faite à partir de la tige molle d'une plante d'eau à croissance sauvage.

Dès que le marié est monté à bord de la cabine, le shenai a commencé à jouer la musique à plein volume. Les parents féminins qui étaient ornés de leurs belles saris et bijoux ont commencé à souffler les coquilles de conque la mère du marié a placé sa main sur la tête du marié pour le bénir, puis le taxi a commencé son voyage à la place de la mariée.

Lorsque le taxi est arrivé à la résidence de la mariée, où le mariage aurait lieu, la maison était éclairée par des lumières et était éblouissante avec un décor plus unique.

Shenai à la place de la mariée était plein souffle que les dames élégamment vêtues sont arrivés avec leurs coquilles de conque et douché le marié avec des pétales de rose.

La belle-mère-à-être vêtue d'un sari à bordure rouge avec un grand bindi vermillion au milieu de son front est sorti avec une pâte de santal dans un petit bol d'argent pour accueillir le marié.

Arun a dû retourner chercher ceux qui ont été laissés chez le marié avant de retourner à la résidence de la mariée où il attendrait au cas où quelqu'un d'autre aurait besoin d'un tour.

Arun est venu avec une charge de parents du marié à la place de la mariée. Comme il a essayé de prendre une pause, les membres de la fête de mariage lui a demandé de se joindre à eux pour le dîner, mais il a poliment refusé, préférant attendre dans son taxi. Et pendant qu'il était assis à l'intérieur du taxi, Arun a commencé à se remémorer son propre mariage.

Le jour d'août 1948, quand Arun a fait le beau Sikhrini sa femme, il faisait aussi nuageux, il pleuvait encore et encore. Comme une brise fraîche soufflait lentement, la lune a eu du mal à émerger à travers les nuages noirs et il y avait une lueur au-dessus de l'horizon.

La pluie et la brise lavé branches d'arbres les faisant se balancer doucement, leurs fleurs rondes émanant d'un parfum effervescent dans l'air.

Arun se souvenait du jour où il est sorti de la maison de son frère aîné vêtu de la tenue de son marié, d'une guirlande de jasmin et de roses autour du cou. Sa mère, décédée un an auparavant, lui manquait. C'est elle qui aurait béni son fils avant le mariage.

Tenu au 114 Monohor Pukur Road à Calcutta Sud, le lieu du mariage était très proche de l'endroit où il vivait maintenant, Arun noté. Son jour de mariage a été l'un des jours les plus excitants et les plus heureux de sa vie. Il était difficile de croire que quelques semaines avant le jour de leur mariage, les parents de Sikhrini ont finalement accepté l'union du couple après beaucoup de résistance.

Arun se souvient avoir vu la mère de Sikhrini soupirer alors que ses épaules s'affachaient lorsqu'il arriva chez eux avec sa proposition de mariage. Alors même qu'Arun travaillait à temps partiel comme éditrice dans une revue littéraire, la mère de Sikhrini a affirmé qu'Arun ne pouvait même pas fournir de cosmétiques à sa fille.

Avec l'intervention des deux sœurs aînées de Sikhrini, les parents de Sikhrini acceptaient le mariage. Le soir du mariage, Arun est arrivé à la résidence de sa mariée où il a été surpris d'être chaleureusement accueilli par la mère très attirante de Sikhrini.

Scènes du mariage d'Arun a continué à clignoter dans son esprit, en particulier l'image de sa belle mariée vêtue d'un sari rouge spécial avec des accents de bijoux en or comme elle a fait le tour autour de lui sept fois. Après la septième fois, les mariés se tenaient face à face en échangeant un regard affectueux comme s'ils se regardaient pour la première fois. Comme un voile rouge drapé sur la tête de sa mariée, Arun se souvenait à quel point elle avait l'air belle et qu'il ne pouvait pas lui enlever les yeux.

Le couple a fait ses vœux devant le feu fait par le prêtre avec une sorte spéciale de bois. Alors que le feu montait vers de plus grandes hauteurs, le prêtre prononçait le mot sanskrit, slokas ou hymne, que le couple répéta puis pria Agni, le dieu du feu et de la swaha,safemme.

À la fin, le couple a fait le tour du feu et a fait sept pas. La mariée était en face et a avancé avec Arun, son partenaire de vie, de prendre les mesures de la vie conjugale. Puis Arun se souvint du prêtre qui prit la main droite d'Arun et plaça la paume droite de Sikhrini sur la paume de son nouveau mari. Ils étaient assis face à face alors qu'ils offraient des prières avec une guirlande de jasmin liant leurs paumes ensemble. Ce fut un moment romantique et sensuel qu'Arun n'oublierait jamais.

Arun avait prévu une nuit de lune de miel parfaite, préparant des roses et du jasmin pour Sikhrini. Après avoir pris une douche, Arun pulvérisé son attar préféré, ou eau de Cologne, et dispersés le jasmin frais partout dans le lit conjugal, en gardant un bouquet de roses sur la table de chevet de Sikhrini.

Il répéta sa suggestion à sa nouvelle épouse : « Demain, nous monterons dans un petit bateau dans le Gange et nous nous asseoirons côte à côte, main dans la main. Nous partagerons le déjeuner avec le bateman en regardant la beauté du Gange et en nous joignant au chœur avec le bateman chantant une vieille chanson fluviale.

Tout comme il le souhaitait, Sikhrini accepta son plan alors qu'il rampait doucement dans son lit avec elle et qu'ils s'embrassaient immédiatement fermement. À l'extérieur, le clair de lune regardait par la fenêtre pendant que les grenouilles croupaient et que les grillons commettaient leur sérénade.

À la fin, le couple a fait le tour du feu et a fait sept pas. La mariée était en face et a avancé avec Arun, son partenaire de vie, de prendre les mesures de la vie conjugale. Puis Arun se souvint du prêtre qui prit la main droite d'Arun et plaça la paume droite de Sikhrini sur la paume de son nouveau mari. Ils étaient assis face à face alors qu'ils offraient des prières avec une guirlande de jasmin liant leurs paumes ensemble. Ce fut un moment romantique et sensuel qu'Arun n'oublierait jamais.

Arun avait prévu une nuit de lune de miel parfaite, préparant des roses et du jasmin pour Sikhrini. Après avoir pris une douche, Arun pulvérisé son attar préféré, ou eau de Cologne, et dispersés le jasmin frais partout dans le lit conjugal, en gardant un bouquet de roses sur la table de chevet de Sikhrini.

Il répéta sa suggestion à sa nouvelle épouse : « Demain, nous monterons dans un petit bateau dans le Gange et nous nous asseoirons côte à côte, main dans la main. Nous partagerons le déjeuner avec le bateman en regardant la beauté du Gange et en nous joignant au chœur avec le bateman chantant une vieille chanson fluviale.

Tout comme il le souhaitait, Sikhrini accepta son plan alors qu'il rampait doucement dans son lit avec elle et qu'ils s'embrassaient immédiatement fermement. À l'extérieur, le clair de lune regardait par la fenêtre pendant que les grenouilles croupaient et que les grillons commettaient leur sérénade.

Acclamations des invités de mariage qu'il chauffeur réveillé Arun de se remémorer son propre mariage, Il allait continuer à conduire le taxi pour continuer à joindre les deux bouts.

Quatre longues années plus tard, Sikhrini et Arun ont obtenu leur diplôme en droit. Sikhrini a commencé sa pratique du droit à la haute cour de Calcutta comme Arun a passé le test de l'examen de la fonction publique indienne en droit et a commencé à travailler comme un juge de petite cour à Barasat une ville de district, près de Calcutta. Ils ont vécu une vie topsy-turvy- Arun a commencé un emploi stable, mais a dû faire des allers-retours, tandis que Sikhrini a dû recommencer à zéro dans sa nouvelle profession.

Ils vivaient simplement dans leur appartement confortable, pensant que l'endroit était fait sur mesure pour eux comme un havre de paix, de parler, de rire, et de partager leurs sentiments sur la vie qui étaient parfois tristes et parfois joyeux. Ici, ils dormaient confortablement ensemble et rêvaient que la vie serait toujours aussi douce qu'elle l'était tant qu'ils étaient ensemble.

Et puis il y avait le taxi, la belle cabine vert mer, ils ont dû finir par se séparer. Tous les matins, Arun s'occupait de la cabine, la lavait et la cirerait. Comme un enfant, il s'en occuperait, mais maintenant le temps était venu pour lui et le taxi vert mer de suivre leurs chemins séparés.

Arun et Sikhrini ont donc remercié la cabine vert mer de contribuer à rendre leur vie plus facile, car ils ont pu rembourser le prêt qu'ils ont pris au gouvernement.

Leur taxi a été vendu à un de leurs amis nommé Katrick qui avait une entreprise de taxi et a assuré Sikhrini et Arun que leur taxi serait entre de bonnes mains.

« Je vais l'utiliser comme ma voiture personnelle », a déclaré Katrick.

Arun et Sikhrini ont été soulagés pour ce taxi bien-aimé vert marine les avait aidés à gagner leur vie décemment. Il était temps de passer à autre chose. Pour la dernière fois, ils ont pris un tour sur leur taxi vert mer à la maison de Katrick. Ils étaient heureux de voir que le taxi avait un décrochage bien couvert et quelqu'un qui s'occuperait de la voiture. Et tout comme la voiture vert mer avait embrassé une nouvelle vie, Arun et Sikhrini accueilleraient un avenir nouveau et meilleur à venir.

# IV

## Majer Ganthi

Arun a enlevé sa robe de juge noir dans sa chambre au palais de justice d'Alipore et a soupiré. Descendre la voie de la mémoire était réconfortant, mais maintenant il a dû se concentrer sur le présent, la vie qu'il a travaillé si dur pour construire.

Pendant une pause déjeuner, il avait hâte de se détendre, c'est-à-dire jusqu'à ce que son préposé entre et lui demande ce qu'il aimerait manger. Arun a répondu avec sa demande habituelle.

« Monsieur, je voudrais partir tôt car les routes seront bloquées par un énorme rassemblement », a déclaré le préposé. « Les travailleurs de Calcutta Chemical réclament des salaires plus élevés. »

Arun hocha la tête. Il savait que cette année-là, en 1960, les travailleurs de Calcutta Chemical n'étaient pas payés des salaires adéquats en proportion de leurs efforts et de l'augmentation du coût de la vie.

— Tout va bien, répondit Arun solennellement. « Vous pouvez partir tôt. »

Arun s'est souvenu il y a des années lors d'une pause de sa deuxième année d'université, quand il est retourné à son domicile à Majer Ganthi, une ville confortable dans le district de l'État de Khulna, situé dans l'est du Pakistan.

En 1940, Arun n'avait que dix-neuf ans, arborant des cheveux noirs brillants et une peau brune, debout mince à cinq pieds dix pouces de hauteur. Son charme fougueux et sa confiance fascinaient son autour de lui. Debout avec son nez aquilin, ses yeux noirs brillants, ses cheveux ébène lisses et son penchant pour la conversation, Arun attirerait l'attention dans chaque pièce.

Principalement connue sous le nom de ville agricole, Majer Ganthi avait des acres de terre où les résidents y possédaient des rizières pour cultiver leur propre riz et entretenir leurs propres vergers toute l'année. La maison où vivait sa famille était entourée de petits vergers de mangues, de jacquiers et de litchis. Il y avait aussi un étang de taille moyenne, avec des cocotiers et des palmiers qui bordaient les limites de leur propriété. Un important potager et des rizières de riz ornaient également leur propriété. Pour Arun, qui venait d'une famille de la classe moyenne, il n'y avait que la quantité suffisante de ressources pour huit enfants et les parents. Ils ont appris à vivre de leur propre terre avec l'idéalisme de la « vie simple et de la haute pensée ». La famille a donné la priorité à l'éducation afin d'assurer un avenir radieux aux enfants.

Pendant ce temps, Savitri, la mère d'Arun, qui était veuve dans la mi-cinquantaine, avait l'air très attrayant avec des stries de gris accentuant ses longs cheveux noirs. Son sari, qui serait vert ou bleu, bordé d'un sari blanc rentré soigneusement avec un chemisier assorti. Sa peau bronzée et son visage triangulaire aux beaux grands yeux noirs ont fait d'elle une figure de premier rôle dans la foule. Après le matin prières, elle appliquerait un bindi de pâte de santal sur le milieu de son front.

Son mari, décédé quelques années auparavant, était dans la fonction publique, de sorte que la mère d'Arun a reçu une pension de l'employeur de son mari. Son père a laissé de l'argent à la banque pour sa femme, de sorte que la mère d'Arun a pu avoir accès à l'argent de l'assurance-vie de son défunt mari pour s'assurer qu'elle et ses enfants pouvaient rester dans la maison familiale où elle a élevé ses enfants.

Une fois, quand Arun est retourné rendre visite à sa mère, elle semblait préoccupée et son expression faciale a montré de l'anxiété et de l'inquiétude.

Elle respirait beaucoup et répétait quelques mots plus d'une fois et soupirait souvent. Il était évident quand elle a commencé à parler que son anxiété a été causée par les activités d'Arun et elle a posé plusieurs questions sur les allées et venues d'Arun et les plans.

Comme l'un de ses huit enfants, Arun a été deuxième à la plus jeune. Les enfants plus âgés ont grandi et ont vécu leur propre vie dans différentes parties de l'Inde. Deux d'entre eux étaient basés à Calcutta.

Surpris de voir sa mère si agitée, Arun a admis être impliqué dans une organisation nommée Forward Bloc, un groupe révolutionnaire luttant contre les Britanniques. C'était en 1940 et l'Inde était sous domination britannique. Les jeunes générations de citoyens indiens, sous la direction de leurs aînés, se préparaient toutes à riposter contre les Britanniques, comme ils le pouvaient.

Ils ont essayé de paralyser la domination menée par le leader révolutionnaire, Subhas Chandra Bose, un homme très instruit et ingénieux qui a demandé l'aide de jeunes étudiants enthousiastes. Arun était parmi eux.

Bien que l'idéologie et la philosophie de Bose ne correspondaient pas à l'idéologie du Mahatma Gandhi, sa vision était alignée sur tout autre héros nationaliste. Bose était connu pour son sens politique et ses connaissances militaires. Il fonda l'Azad Hind Fauj— l'Armée nationale indienne — et en tant que commandant en chef, il était connu du public sous le nom de Netaji. Sous le Premier ministre britannique Clement Atlee, l'Inde a obtenu son indépendance en 1947. Atlee a affirmé que c'est Bose qui a dirigé l'Armée nationale indienne qui a affaibli les fondations même des troupes britanniques et inspiré la mutinerie de la Royal Navy en 1946, conduisant les Britanniques à croire qu'ils n'étaient plus en mesure de gouverner l'Inde.

D'une certaine façon, la mère d'Arun, Savitri, a pris connaissance de l'implication révolutionnaire de son fils un mois auparavant de la part de son ami dont le mari était également impliqué dans Forward Bloc. Elle avait obtenu des informations selon laquelle les jeunes disciples se réuniraient à Calcutta Maidan,un espace ouvert pour se rassembler et prendre la parole en public. De là, le rassemblement se rendait à un bâtiment de secrétariat, appelé Writer's Building.

Savitri savait tout de Netaji, qui était un grand orateur et impressionnerait et inspirerait les jeunes hommes avec son cri de guerre : « Donne-moi du sang et je te donnerai la liberté. »

« Arun, allez-vous à Maidan et  marcher à Writer's Building? »

Arun répondit solennellement: « Oui, mère. »

« Porterez-vous des plans secrets et des documents de Subhas Chandra, le document qui explique la future ligne d'action du Parti du Bloc avant et de nouvelles tactiques pour attaquer le gouvernement britannique? »

Les yeux clignant des yeux rapidement, Arun a été légèrement choqué par la quantité d'informations que sa mère connaissait. « Oui, mère. »

— Vous devriez avoir un compagnon à proximité si quelque chose devait vous arriver, s'arrêta-t-elle en respirant abondamment. « Si vous êtes arrêté ou blessé, il peut se porter garant pour vous. »

Perplexe et légèrement repoussé, Arun demanda : « Pourquoi penses-tu comme ça ? »

« Arun, je crains que quelque chose de terrible va vous arriver! »

« Mère! » Il a été ennuyé par son commentaire prophétique négatif.

— Oui, Arun, répondit sa mère avec anxiété. « Je crains que vous serez arrêté et je ne veux pas penser le pire, mais encore, je crains qu'il y aura des gaz lacrymogènes, et la police montée va charger et, Dieu nous en préserve, qui sait, ils pourraient charger leurs armes. Et, et . . .

« Mère! S'il vous plaît. Il n'y a rien à craindre. Il s'agit d'une mission importante qui doit être entreprise si nous, en tant que peuple, pouvons être libres.

Sa mère a fait la moue. « Oui, les mères s'inquiètent toujours pour leurs enfants. »

L'expression d'Arun s'adoucit. « Essayez-vous de dire que je ne devrais pas aller? »

Savitri le regarda sévèrement. « Arun vous avez tort. Je ne suis pas du genre à vous dire quoi faire lorsque vous êtes dans la lutte pour la liberté pour l'Inde. J'ai juste cette prémonition. Je vois des choses.

Comme elle a commencé à tourner la roue, un corbeau a commencé à cawing à l'extérieur et un train sifflé par.

Comme prévu, tout le monde s'est rassemblé dans le Maïdan, un grand espace ouvert pour la réunion publique et de parler, comme Subhas Chandra Bose a commencé son discours, une personne a remis Arun un paquet de papiers.

« S'il vous plaît garder cela et le donner à l'autre chef, Hemen Bose dès que possible, dit l'homme à Arun. « Netaji quitte le pays sous peu et ce sont ses plans secrets qui seront réalisés par le Parti du Bloc avant. »

Après le discours, les gens ont commencé à marcher. Cris de « Les Britanniques quittent l'Inde! *Bande mataram* et gloire à notre mère!

Soudain, au milieu d'une grosse explosion de gaz lacrymogène, la police montée chargée sur le groupe et

188

des coups de feu ont été entendus. Arun a vu Ganendra, un garçon de douze ans, bravant la marche.

— S'il vous plaît, prenez ces papiers et courez, supplia Arun avec le garçon. « Ce sont des plans secrets de Subhas Bose.

Assurez-vous de le remettre à l'autre nationaliste Hemen Bose.

Le jeune garçon saisit les papiers et les cacha sous sa chemise. En partant, il a couru aussi vite qu'il le pouvait comme Arun l'a vu arriver en toute sécurité de l'autre côté de Maidan.

Alors que la police a commencé à frapper des manifestants, Arun a été l'une des personnes arrêtées, battues puis arrêtées et enfermées dans la prison d'Alipore. Dans sa cellule, Arun a enterré son visage dans ses mains. Les prémonitions de mère se sont avérées correctes.

Ce souvenir solennel a suffi à ramener Arun au présent où il était rempli de gratitude que lui et sa famille étaient sains et saufs.

— Il semble que la vie soit bouclée, songea Arun en regardant autour de la chambre du juge où il s'était assis en songeant au passé.

Un coup de calme à la porte signalait l'arrivée du préposé avec le déjeuner d'Arun.

« Monsieur, je n'ai pas demandé ce que vous voulez boire — thé, café ou lassi.»

« Le thé va bien. »

Le palais de justice d'Alipore était très proche de la prison d'Alipore. Alors qu'il se rendait au travail le matin, les yeux d'Arun regardaient le bâtiment en briques rouges et, alors qu'il rentrerait chez lui, il regardait la lumière et les ombres qui projetaient sur les briques de la prison d'Alipore. Il n'était pas difficile de flasher retour aux souvenirs de la petite cellule où il a été emprisonné.

Arun, regarda autour de la salle, et murmura tranquillement à lui-même. « Le destin. »

# V

## Courir après la fin pour recommencer à zéro

Au palais de justice de Calcutta, le bâtiment était plus calme car peu de gens travaillaient tard, Arun étant l'un d'entre eux. Aujourd'hui a été une journée spéciale pour Arun : son petit-fils de trois ans lui rendait visite au palais de justice.

Le petit garçon, nommé Dibya, avec ses grands yeux noirs étincelants, avait une curiosité sans fin et une énergie sans limites. Il avait l'air plus grand pour un enfant de trois ans, avec un corps sain, un visage rond, des cheveux noirs épais et une peau légèrement bronzée. Quand il sourit, une fossette apparut sur sa joue droite. Petit homme très heureux, il chantait pour lui-même, parlait sans arrêt ou bombardait beaucoup de questions au préposé.

Le garçon était fasciné de voir l'ancienne salle d'audience avec ses bancs en bois d'acajou qui ont été disposés d'une manière semi-circulaire. Il y avait une structure de niveau supérieur en quelque temps. Au milieu était assis une lourde chaise pivotante rembourrée en forme ronde en bois. En face de cette chaise se tenait une table en bois poli. D'un côté de cette étape il y avait un bureau surélevé et à ses côtés quelques marches en bois descendaient vers le bas.

Sur le côté arrière de la scène, une autre série de marches en bois descendit dans une pièce où son grand-père travaillait actuellement. Dibya a remarqué que il y

191

avait quelques ventilateurs de plafond et pointé vers eux avec enthousiasme.

Un long, épais, rouge-frilled large tissu accroché d'un bout de la chambre à l'autre et a été drapé juste au-dessus de la chaise lourde et le bureau. Cela a également attiré l'attention de Dibya comme il s'écria: « Qu'est-ce que c'est? »

Le préposé a expliqué dans les vieux jours qu'il n'y avait pas de ventilateurs électriques, donc deux personnes avaient l'habitude de tirer ce tissu lourd avec des cordes attachées de chaque côté pour que l'air circule par temps chaud. Les gens qui avaient l'habitude de les exploiter ont été appelés pankhawalla.

Le préposé a essayé d'expliquer le travail de son grand-père Arun au petit garçon alors qu'il montrait la chaise à Dibya et a expliqué que son grand-père s'asseyait et écoutait les procès et rendrait son jugement.

Dibya hocha la tête et semblait comprendre. « Je veux m'asseoir sur la chaise de mon Dadu », a déclaré le petit garçon excité, se référant à Arun par son nom d'animal de compagnie pour « grand-père. »

Le préposé est venu le chercher et l'a placé sur la chaise. Dibya a commencé à chanter et tourbillonnant autour de la chaise.

Arun a été témoin de l'excitation de son petit-fils de sa chambre où il travaillait, heureux que son Dibya était heureux et assis dans sa chaise. L'ancienne odeur de cette salle d'audience lui rappelait le passé lorsqu'il est devenu juge de la cour inférieure pour la première fois. C'est alors que sa fille, Rita, la mère de Dibya, est née il y a trente ans en 1954.

Les événements passés ont continué à clignoter dans son esprit comme un écran de cinéma.

Il se souvenait s'être engagé dans la peinture à l'huile, un de ses passe-temps. Il a fait de la peinture à l'huile alors qu'il était en prison où il a réussi à obtenir du matériel d'art avec la permission du directeur. Pendant son emprisonnement, il a également été autorisé à terminer son diplôme de premier cycle.

Après sa libération de prison, Arun s'est impliqué dans une campagne de porte-à-porte pour recueillir de l'argent pour une organisation politique avec laquelle il était impliqué. Ce devait être une journée de bon augure et inoubliable.

L'une des maisons qu'il s'approchait se trouvait là où sikhrini vivait. Il pouvait voir de la porte ouverte et grillagée sa future femme qui avait dix-huit ans à l'époque alors qu'elle descendait les escaliers pour le saluer. Ses longs cheveux noirs étaient attachés dans un chignon. Elle avait environ cinq pieds quatre pouces de hauteur avec une peau légèrement bronzée. Son visage en forme de cœur encadré un nez mince et de beaux grands yeux noirs. Sikhrini fronça les sourcils à lui et ses yeux brillaient de frustration.

Mais elle ne se précipitait pas pour le saluer après tout. « Je suis en retard pour ma classe. »

Déjà frappé, Arun a demandé des excuses et a dit: « Je reviendrai plus tard. »

Arun tomba instantanément amoureux de Sikhrini. Il est retourné à sa maison d'enfance où il a peint Sikhrini debout sous un arbre, en regardant une rivière qui coule où les petits bateaux naviguaient.

Comme promis, Arun retourna chez Sikhrini, apparemment pour recueillir des dons monétaires et, pendant son temps, il en vint à connaître les deux sœurs aînées de Sikhrini. La sœur aînée était mariée, mais Sikhrini et Bina étaient tous deux étudiants à l'époque, vivant avec leur sœur aînée.

Lentement mais très sûrement Sikhrini est devenu très attiré par le charmant Arun. Ils se rencontraient dans un café après les cours collégiants de Sikhrini et parraient. Chaque fois qu'Arun terminait un tableau, il le présentait à Sikhrini qui lui accordait un regard de gratitude dans ses yeux lumineux.

Ils marchaient sur la promenade le long du Gange pour regarder le coucher du soleil et monter sur un bateau, une brise fraîche caressant leurs joues rincées.

Le rire perçant de Dibya ramena Arun au présent. À soixante-trois ans, il était encore debout avec des touches de cheveux gris de chaque côté de son front. Malgré les lignes froissées sur son visage altéré, il y avait encore un soupçon de son charme enfantin dans l'homme mûr qu'il a évolué en.

Alors qu'il avait envie de prendre sa retraite trois ans avant sa carrière judiciaire, il s'est senti obligé de continuer à travailler après avoir pris un congé pour se rendre à Londres pour obtenir des titres de compétences en tant qu'officier bonafide de la cour de justice. Bien que cette occasion ait été très prestigieuse, sikhrini lui a fait remarquer, ce n'était pas nécessaire. Ce ne serait qu'un autre titre, a affirmé la femme d'Arun, et il n'avait pas besoin de prouver sa valeur en réussissant l'examen du barreau à Londres.

Après avoir été embourbé dans un dilemme entre vivre l'aventure de vivre à Londres et rester à la maison, Arun a finalement décidé d'aller à Londres, avec le soutien de sa femme, en prenant un congé du travail.

Il a été décidé que Sikhrini resterait à la maison avec leurs enfants et continuerait à exercer en tant qu'avocat à la haute cour de Calcutta. C'était une décision très difficile, mais ils pensaient tous les deux que c'était la bonne chose à faire.

Alors Arun a navigué vers l'Angleterre. Outre le froid et la pluie constants, il a dû travailler dur là-bas pour survivre et payer les frais de scolarité pour le cours et les frais exorbitants pour étudier et passer l'examen du barreau.

Une fois de plus, malgré ses études, Arun a prouvé qu'aucun emploi n'était en dessous de lui car il travaillait comme serveur et a aidé dans la cuisine du campus de l'université, ainsi que travaillé comme assistant d'un mécanicien automobile.

Tout son travail acharné et ses études ont porté leurs fruits. Arun n'a réussi l'examen du barreau difficile qu'à sa première tentative en 1964.

Est-ce que ça en valait la peine ? Arun s'est demandé. Il a eu sa réponse. oui. Avant son voyage à Londres, sa carrière était devenue dormante et il ne voulait pas être stéréotypé comme un avocat typique qui a pris la voie rapide pour devenir juge. Alors que son expérience à Londres s'est avérée être un défi. Il était fier de l'avoir complété. Il a façonné pour être une meilleure personne, beaucoup plus forte d'une manière très différente que le temps qu'il a été impliqué dans la lutte contre les Britanniques. Même le temps qu'il a passé en prison et quand il a été roué de coups par la police pendant le régime britannique en Inde l'avait rendu plus fort dans l'esprit, le corps et l'esprit. En dépit de la lutte contre les Britanniques, la décision d'Arun d'étudier à Londres était une sorte d'audace personnelle pour lui-même qu'il pouvait en effet survivre dans les conditions météorologiques difficiles et inclémentes et l'examen épuisant bar offert par le pays qui avait autrefois régné sur sa maison. Et d'un point de vue compatissant et indulgent, son séjour à Londres était sa façon de faire la paix avec les Britanniques , car quand on s'arrête pour y penser, sans l'occupation britannique, Arun ne serait pas devenu l'homme fort qu'il était aujourd'hui.

Alors qu'il réfléchissait aux défis qu'il a surmontés, Arun a compris que « le sentiment et le désir vous brûlent à l'intérieur, ce qui pourrait vous faire avancer ou vous épuiser. Le feu qui brûle à l'intérieur de vous pourrait faire de vous une meilleure personne, avec sa lumière on peut voir l'image de soi et se purifier pour devenir un meilleur être humain.

Il s'arrêta aussi pour honorer sa femme bien-aimée, Sikhrini, qui avait été avec lui à travers elle toutes les joies, les épreuves et les sacrifices. Elle n'a pas manqué de se lever ou de me quitter, pensait-il. Son amour est comme un feu éternel.

Arun considérait sikhrini maintenant, comme une femme de cinquante-huit ans éternellement belle, épouse, avocat établi et grand-mère, qui avait toujours le même enthousiasme pour la vie et l'amour depuis le jour où ils se sont rencontrés. Même des stries de cheveux gris mélangés dans ses cascades d'ébène n'avaient pas diminué l'esprit de la femme qu'il est tombé pour toutes ces années.

Après son retour de Londres, pour l'amour du bon vieux temps, Arun a invité Sikhrini pour une promenade le long du Gange pour profiter du coucher du soleil. Le temps à l'extérieur de la ville de Calcutta pour de courtes vacances était exactement ce dont le couple avait besoin comme ils se souvenaient tout en se promenant et en conduisant autour de la région entourée de montagnes et de grands arbres pleins de fleurs rouges au printemps et prairies vertes gravées avec des fleurs sauvages colorées. Ils y passaient du temps assis le long d'un café au toit de chaume en bordure de route à regarder les passants et à contempler les montagnes avec leur teinte bleutée.

Il a été surpris par la voix de Dibya. «*Dadu,je* veux rentrer chez moi, Didam et Maman me manquent », dit le petit garçon en faisant référence à Sikhrini et à sa mère, la fille d'Arun.

« Vous avez raison. Dadu a déjà passé une longue journée de travail et maintenant il est temps d'aller profiter de la journée avec notre famille », a déclaré Arun, tapotant la tête de son petit-fils. « Je suis heureux que vous êtes venu me rendre visite ici. Vous souvenez-vous de la chanson que je vous ai enseignée l'autre jour?

Dibya hocha la tête avide comme il frappa dans ses mains et a commencé à chanter joyeusement les paroles de *Taser Desh*, une épopée sur la liberté composée par le grand poète Rabindranath Tagore:

*Amra Sabai Raja, Amaderi Rajar Rajatta*
*Amra Sabai Raja...*

Et comme la voix de baryton d'Arun se mélangeait à la voix aiguë de son petit-fils, une larme d'amour et de gratitude a roulé sur sa joue.

# À propos de l'auteur

La poétesse et auteure de nouvelles Maya Mitra Das est née en Inde et est arrivée aux États-Unis en 1973. Elle a étudié la médecine interne et la pédiatrie en Inde, en Angleterre et aux États-Unis, obtenant sa maîtrise et son doctorat. Elle a reçu sa formation au Downstate Medical Center et au State University Hospital à Brooklyn, New York.

Elle a obtenu deux bourses, l'une pour le Département d'hématologie et d'oncologie du U.C.L.A. Medical Center et la seconde à l'Univèrsité de Californie à San Francisco pour la radio-oncologie. Elle fait actuellement partie du personnel médical du Children's Hospital d'Oakland, en Californie.

Parmi ses nombreux intérêts et passe-temps, Maya interprète la danse classique indienne « Bharatnatyam ». Sa poésie est apparue dans Poetry de mardi, édité par JerryBall, et deux poèmes narratifs ont été anthologized dans What's in a Name, édité par ElaineStarkman. Sa fiction est déjà apparue dans Tremors: Short Fiction de California Writers.

Ce recueil de nouvelles de Maya Mitra Das
peuvent être commandés directement à www.lulu.com.

Pour des événements ou plus d'informations,
s'il vous plaît http://silhouettesoftime.blogspot.com

Pour planifier une entrevue ou une signature avec l'auteur, veuillez
communiquer avec
l'éditeur à:

Maple Leaf Publishing Inc
Https://www.mapleleafpublishinginc.com
info@mapleleafpublishinginc.com
1 403 356 0255
1 888 498 9380

Fabriqué aux Etats-Unis
Las Vegas, NV
le 13 décembre 2020